浅草料理捕物帖㊀

小杉健治

時代小説文庫

角川春樹事務所

目次

第一章　辻強盗

一

今、孝助《こうすけ》は浅草聖天町《あさくさしょうでんちょう》にある一膳飯屋《いちぜんめしや》『樽屋《たるや》』の板場で働いている。二度と足を踏み入れまいと誓ったこの地にやって来たのは半年前だった。細面の柔和な顔に荒《すさ》んだ翳《かげ》が残るのはこの十年近く、上州《じょうしゅう》から野州《やしゅう》を転々とする暮らしをしてきたからだ。

戸が開く音がした。まだ暖簾《のれん》は出ていない。孝助は包丁で大根を刻んでいた。

『樽屋』は飯も酒も出す。飯はたまに茶飯も出すが、たいがいはしじみ汁の大根飯である。炊いた飯が噴き上がるとき、蓋《ふた》をとって、刻んだ大根と塩を入れる。炊きあがってから、よくまぜながらおひつに移す。これを客に出すときは、しじみを醤油で煮込んだ出し汁をかけて出す。

このしじみを醤油《しょうゆ》で煮込んで出すのは孝助が思いついたのだが、近くにある待乳山《まっちやま》聖天は功徳を大根と巾着に表していて、大根は身体丈夫と夫婦和合一家繁栄を示している。そのためにお供え物は大根である。そのこともあって、味だけではなく、縁起もいいと評判になった。

「まだ、店は開いていないんですが」

亭主の喜助《きすけ》の声が聞こえた。喜助は五十過ぎの男だ。元は大きな料理屋の板前で、三年前に一膳飯屋を開いた。

二十六歳の孝助とは親子ほどの年の差があるが、喜助との出会いが、いや正しくは再会が孝助の運命を変えたのだ。

「客じゃねえよ」

若い男の声がして、続いて、

「俺だよ」

と、別の野太い声がした。

「これは、親分さん」

浅草一帯を縄張りにしている蝮《まむし》の文蔵《ぶんぞう》という岡っ引きだ。北町定町廻《じょうまちまわ》り同心丹《に》羽溜《わりゅう》一郎《いちろう》から手札をもらっている。四十前の厳めしい顔の男で、相手を威圧させるようなぎょろ目で睨《にら》みつけるように見る。

十年前までは、浅草奥山《おくやま》でゆすり、たかりを繰り返していた地回りだ。この界隈《かいわい》の者は文蔵の悪振りを知っているので、岡っ引きになったことに呆《あき》れる以上に、恐れていた。

昔は脅して金を巻き上げていたが、今は顔をだすだけで、店の者は金を出す。睨まれたらあとでどんな難癖をつけられ、お縄になるとも限らない。

岡っ引きになっても、やっていることは同じだ。ゆすり、たかりを繰り返している。

また小遣い銭稼ぎかと、孝助は思いながら包丁を使う。十二歳のときから京の料理屋で板前の修業をしたが、それも四年間だけで、あとは、上州や野州の呑《の》み屋を転々とした。どうにかやくざ稼業の道に入らずに済んだのも、板前の腕があり、仕事にありつけたからだ。それでも、場末の呑み屋で包丁を握り続けていれば、心は荒んでいくのを止めようがなかった。

だが、今は違う。新しい生き方が見つかったのだ。包丁捌《さば》きには自信があり、いまも、大根がきれいにみじん切りになっている。

「孝助はいるか」

低くドスのきいた文蔵の声がまた耳に入った。

自分の名を呼ばれ、はじめて包丁を使う手を止め、店のほうを覗《のぞ》く。

入って右手は小上がりの座敷で、左手は縦に縁台がふたつ縦列に並んでいる。文蔵と子分の松吉《まつきち》が立っていた。

「今、呼んできます」

喜助はへつらうように言い、板場にやって来た。

「行ってきな」

喜助が文蔵に見せる顔と別人のような厳しい顔になって言う。文蔵に逆らわない。それが、喜助と孝助の考えだった。

「へい」

孝助は包丁を置き、手拭《てぬぐ》いで手を拭《ふ》いて、板場から出て行った。

「親分。いらっしゃいまし」

表情を無理に和《やわ》らげて、孝助は頭を下げる。

「ちょっと顔を貸せ」

「へい」

一方的に言い、文蔵は外に出て行く。ついてくるものと思い込んでいる。

喜助がそばに近寄ってきて、文蔵の背中を睨みつけてから、

「あとはいい」

と、応じた。

襷《たすき》を外して懐にしまい、孝助は文蔵を追った。

文蔵と松吉は待乳山聖天に向かった。松吉は二十八歳で、棒手振《ぼてふ》りで野菜を売っているが、捕物好きが高じて、文蔵の子分になった。何かあれば、商売を放《ほう》ってでも捕物に加わった。

待乳山聖天は十一面観音菩薩《ぼさつ》の化身である大聖歓喜天を祀《まつ》ってあり、大根をお供えしている。

待乳山は参拝客が多く、境内で人気のない場所を探すのは骨だ。小高い丘の上にあるので、大川を一望出来る。月の名所であり、都鳥も見ることが出来るので文人墨客や風流人をはじめ、多くのひとが詰めかける。

文蔵は勝手知ったる場所のように社務所の裏にまわった。ひと影はまったくなかった。

植え込みの間から大川が望める。文蔵はそこで立ち止まった。

「親分、なんでしょうか」

孝助は催促するようにきいた。

「おめえの店に、越野十郎太《こしのじゅうろうた》って浪人がやって来ているな」

文蔵が鋭い目を向けた。

「へえ、毎晩来てくれます」

越野十郎太は二カ月前から聖天町の長屋に住みだした浪人だ。独り身なので、毎晩店にやってくる。二十六歳と同い年のせいか、十郎太は外で会っても友のように親しげに声をかけてくる。

孝助は不安そうになって、

「十郎太さんが何か」

と、厳しい顔つきの文蔵にきいた。

「一昨日《おとい》の辻《つじ》強盗だ」

「辻強盗って言いますと、浅草田圃《たんぼ》の？」

「そうだ。その前は、馬道と三《み》ノ輪《わ》から日本堤に出る道に出た。いずれも、吉原に遊びに行く男が襲われた」

「まさか、十郎太さんに疑いが？」

孝助は信じられないようにきく。

「三人とも刀で斬《き》られていた。吉原に向かう職人が饅頭笠《まんじゆうがさ》をかぶった侍が逃げて行くのを見ていた。よれよれの袴《はかま》で、浪人のようだという。むろん、越野十郎太かどうかわからねえ。だが、念のために、調べておく必要があるんだ」

「………」

「一昨日、越野十郎太が店にやって来たのは何時だ？」

「へえ。六つ半（午後七時）になっていなかったと思います」

一昨日のことを思いだしたながら孝助は答える。

「辻強盗が出たのは六つ（午後六時）過ぎだ。時間は合う」

文蔵は目を細めた。

「親分。それだけで疑うのは……」

孝助は遠慮がちに口をはさむ。

「だから、おめえに頼むんだ。西国のほうの藩に仕えていたというだけで、素性ははっきりしねえ。あの浪人が聖天町に引っ越してきたのは二カ月前だ。辻斬りが出没したのはそれからだ。奴がこの地に来てから三人が殺《や》られている」

文蔵は吐き捨てるように言ってから、

「一昨日、辻斬りをしてから『樽屋』に行ったのかもしれぬ。奴がこの土地にやって来たのは吉原に近いからだ」

「どういうことですかえ」

「辻強盗は奪った金で吉原に遊びに行っているんだ。いや、吉原に行くために、金を盗んでいるのだ」

文蔵は孝助に顔を近づけ、

「十郎太がなんのためにこの地に来たのか、探るんだ。いいな」

「へい」

「まあ、おめえの働きぶりによっちゃ、俺の子分にしてやってもいいと思っている」

「ほんとうですかえ」

二カ月ほど前、孝助は浅草奥山で掏摸《すり》騒ぎに出くわした。掏摸の現行犯で松吉が捕まえた男は掏りとった財布を持っていなかった。捕まった男が開き直り、文句を言いだした。俺が盗んだっていう証《あかし》を見せてくれ、と騒いだ。松吉は窮地に陥り、真っ青になっていた。が、たまたま居合わせた孝助が、不審な挙措の男を見つけて捕まえ、松吉に引き渡した。その男の懐に掏りとった財布が入っていた。

そんなことがあってから、しばらくして、松吉に「俺も捕物がしてみてえ」と、文蔵への取り次ぎを頼んだのだ。

しかし、文蔵からは何も言ってこなかった。その後も、松吉に会うたびに、取り次ぎを頼んでおいたのだ。

文蔵には手下が松吉以外にあと四人いる。さらに、手下になりたいという者も何人かいる。

文蔵の手下になれば、この界隈で大きな顔が出来る。なにかあっても、横車を押し通すことも出来る。だから、手下になりたい者が多いのだ。

そこに割って入るには文蔵にその腕を認められなければならない。

「孝助。よかったじゃねえか」

松吉が笑いながら言う。

「ああ」

孝助は白い歯を見せた。

「ともかく、十郎太のことだ。頼んだぜ」

「親分」

孝助は文蔵に声をかけた。

「一昨日殺されたのは『片倉屋《かたくらや》』の番頭さんだそうで」

「そうだ。番頭の亀太郎《かめたろう》だ。やはり、吉原に行くところだった。田原町《たわらまち》の『片倉屋』を出たのが、六つ過ぎ。十郎太が辻強盗を働いて『樽屋』に向かえば、六つ半前には着く」

「確か、『片倉屋』は、ちょうど一年前に、手代が金を盗んだって騒ぎがありましたね。そのこととの関《かか》わりは?」

「それとは関わりはねえ。殺ったのは先の二件と同じ下手人だ。辻強盗に間違いない。だから、おめえはあの浪人のことをはっきりさせるのだ」

文蔵は一方的に言ってから、

「孝助。おめえが俺の手下になりてえのはわかったが、手下になったはいいが、いざっていうときに店があるから動けねえじゃ困るぜ」

と、思いだしたように言う。

「それはだいじょうぶです。喜助とっつあんがやってくれますから」

「よし。おめえの働き振りを見させてもらおう」

文蔵はさっさと背中を向けて去って行く。

「松吉兄い。いろいろすまねえ」

「なあに。おめえには借りがあるからな。あれ、親分。もう、あんなところに」

文蔵は石段を下りて行く。松吉はあわてて文蔵のあとを追った。

(あんな男の手下か)

孝助は文蔵の背中を複雑な心持ちで見送ってから、急いで『樽屋』に戻った。

夕方になって、小女のおたまが暖簾をかける。待っていたように、客が続々とやって来る。

近所の隠居に法被《はっぴ》を着た職人、商人、日傭取《ひようと》り、駕籠《かご》かき、棒手振り、大道易者など商売は違えど、みな馴染《なじ》みで、お互いが顔馴染みだ。『樽屋』を介して知り合った仲間である。

店は小上がりの座敷と土間に縁台があった。だいたい、いつもの場所が決まっている。詰めて二十人が入ったことがあったが、それではかなりきつい。

十郎太は暗くなって四半刻《しはんとき》(三十分)ほど経《た》ってやって来た。細身の体に継ぎをあてたよれよれの単衣《ひとえ》の着流し。刀を落とし差しにし、長年の浪人暮らしを物語るように武士の矜持《きょうじ》は見られない。ただ、涼しげな目許《めもと》に気品のようなものは窺《うかが》えた。

文蔵が言うように、十郎太はどこの家中だったのか、話そうとしない。なぜ、浪人になったのか、誰も知らない。いや、知る必要はなかった。

十郎太はいつもの小上がりの一番奥の席を占めた。みなはそこを十郎太のために空けてあった。この店に顔を出すようになって二カ月足らずなのに、十郎太は他の客と打ち解けていた。

みなはここで呑んで一日の憂さを忘れるために騒ぐ。飛び交う言葉も品がなく、唄《うた》いだす文句も下品だ。女郎買いの話や間男をした話に、女に騙《だま》された話などあけすけだ。また、くだらないことでも喧嘩《けんか》をはじめたり、大の男がいきなり泣きだしたり、しまりがない連中だ。

だが、それだからこそ、真実があり、心の叫びがある。上州や野州にいたころから孝助はその日暮らしの者たちが集まってくる呑み屋で働いてきた。

最初はいやだったが、いつしかこういう店に集まるひとたちの素朴で飾らない、口は悪いが根はやさしいところが好きになった。みな貧しい連中だ。金はなくとも、お天道さまに恥じるような真似《まね》はしていないので、誰もが明るい。

いつものように盛り上がっていた。孝助は酒の肴《さかな》の盛りつけをしたり、板場で立ち働きながら、ときたま店のほうを覗く。

ときには喧嘩がはじまることがある。そのときは、飛びだしていって止める。本気で殴り合いをするわけではないが、適当な間合いで仲裁に入る。

喧嘩をするほうも、それを期待しているので、遠慮なく怒鳴り合えるのだ。一度爆発してしまえば、あとは元のように仲よく呑みはじめる。

新しい客が入ってきた。中肉中背の商人ふうの男だ。三十前後か。案外と肩幅の広い、がっしりした体つきだ。色が浅黒く、太い眉《まゆ》の横に大きな黒子《ほくろ》があった。

「いらっしゃい」

と、おたまが大きな声で迎える。

男は空いている場所を探している。

「よお、ここ空いているぜ」

日傭取りの男が見知らぬ客に声をかける。

「すみません」

客は日傭取りの男の隣の縁台の真ん中ほどに腰を下ろした。

「おまえさん、どこのひとだえ」

日傭取りの男が無遠慮にきく。

「へえ、佐野《さの》から商売で江戸にやってきました。塚次《つかじ》と申します。あっ、姐《ねえ》さん、お酒をお願いします」

「はーい」

おたまが長い返事をする。

今夜も賑《にぎ》やかだ。はじめての客はこの喧騒《けんそう》がいやになるか、喧騒がかえって心地好いというのにわかれる。

塚次と名乗った男は酒を呑みながら、楽しそうに周囲の客と打ち解けて笑いあっていた。どこかしこからも笑い声が上がり、大声が飛び交う。

そんな中で、十郎太だけがただひとりで酒を呑む。喧騒の中で、ひとりぼっちを楽しんでいるのだ。周囲はいつものことだから気にしない。

一刻（二時間）ほどして、塚次が大根飯を注文した。孝助は椀《わん》に飯をよそり、しじみの醤油汁をかけて出した。

塚次は夢中で食べて、

「うまかった。私はこの大根飯の評判を聞いてやって来たんです。評判どおりでした」

と、おたまに満足そうに言って引き上げた。

だんだん喧騒も静かになっていった。疲れてきたのだ。やがて、大根飯の注文が続く。最後は大根飯で締める。

やがて、客もひとり去り、ふたり去り、店内はまばらになり、そして、最後に十郎太だけが残った。十郎太は壁に寄り掛かって寝ていた。

「起きてください」

おたまが十郎太に声をかけ、肩を揺する。だが、起きない。

「もう、起きてくださいな」

おたまが憤然とする。

孝助が出て行って、

「もう店を閉めますぜ」

と、声をかける。

すると、十郎太は目を覚ました。

「やっ、誰もいなくなった」

驚いたように言ってから、十郎太は伸びをしながらあくびをした。

「いつものことじゃありませんか」

おたまが呆れ返って言う。

「そうか。また、俺が最後か。じゃあ、帰るとするか」

十郎太は草履を履いて土間に立った。が、体が揺らいでいる。

「酔っぱらったようだ」

十郎太は足を踏ん張って言う。

「これで足りるか」

財布を出し、銭を置く。

孝助は十郎太の顔色を窺いながら、

「十郎太さん。ありがとうございました」

と、声をかける。

「大根飯食べたかな」

十郎太は小首をかしげた。

「食べましたよ」

孝助は答える。

「そうか。覚えてない」

孝助は見送りに外に出た。

「きれいな月ですね」

孝助が言う。

「孝助。何かききたいことがあるんだろう」

十郎太がにやつきながらきいた。

「どうして、そう思うんですかえ」

「わかる。おまえの顔を見れば、何を考えているかわかる」

「じゃあ、なんだと思いますかえ」

「そうだな」

十郎太は孝助の顔をまじまじと見て、

「一昨日の辻斬りの件だ。どうだ？」

孝助ははっとした。

「どうして？」

「言ったはずだ。おまえの顔に書いてある」

思わず顔に手をやった。

「図星のようだな。文蔵は俺を疑っているのか」

十郎太はまるでお見通しのように言う。

「しかとした証があってのことではないようです。被害に遭った三人はいずれも袈裟《けさ》懸《が》けに斬られていたこと、饅頭笠をかぶった浪人を見ていた者がいたこと。つまり、辻強盗は浪人だという見方です」

「浪人なら、そこらじゅうにたくさんいる。その中で、俺か」

十郎太は片頬《かたほお》を歪《ゆが》めた。

「あなたが聖天町に引っ越してきた二カ月前から辻斬りが出没するようになったからのようです」

「そんなのはたまたまだ」

「一番大きなのは素性が知れないことでしょう」

「素性？」

十郎太は眉根を寄せた。

「西国のほうの藩というだけで、詳しい話をしない。なぜ、言えないんですかえ。御《お》家《いえ》に迷惑がかかるからですかえ」

「…………」

この話になると、十郎太はとたんに口が重くなる。

「一昨日、『樽屋』には長屋からまっすぐ来たんですかえ」

「…………」

「どこにも寄らずに『樽屋』に？」

孝助はもう一度きく。

「いや」

「どこかに寄って来たんですね」

「…………」

「なぜ、黙っているんですかえ。答えられないんですか」

孝助は攻めた。

「俺は辻強盗などせぬ」

「もちろんだ。あんたがそんなことをするはずがない。だが、文蔵親分は疑っている。その疑いを晴らすためにも……」

「なぜ、おまえは文蔵の言いなりなんだ？　文蔵の評判はよくない。ゆすり、たかりで困っているひとは多い。聞くところによると、おまえは文蔵の手下になりたいそうだな。そんな文蔵になぜおもねるんだ？」

「………」

今度は、孝助が返答に窮する番だった。

「おまえにも答えられないことがあるように、俺にも答えられないことがある」

十郎太は厳しい顔で言う。

脇を職人ふうの酔っぱらいが通った。

「俺が文蔵に手を貸せば、町のひとを泣かせるような真似を防げると思ったんです」

酔っぱらいをやり過ごしてから、孝助は言った。

「そんなうまいこと言ったって信用は出来ぬな」

十郎太は軽くいなした。

「自分はほんとうのことを言わずしてなぜ、他人にものをきけるのだ。自分が言えないと同じぐらい、相手も言えない。そう考えることだ」

十郎太はさっきまでの酔いなどどこかへ消し飛んだようにしゃきっとしていた。

「あなたは素性のはっきりしない浪人だ。そして、秘密がある。あなたがこの土地にやって来てから辻強盗が出はじめた」

孝助はもう一度言う。

「だから、たまたまだろう」

「文蔵親分は偶然とは思っちゃいませんぜ。あんたは吉原に馴染みは？」

「いるわけない」

「疑っているほうからすれば、その言葉を信じるわけはない」

「なぜ、吉原だ？」

「辻強盗が吉原に向かう男を狙ったのは小金が懐に入っているからばかりではない。自分も吉原の女に入れ込んでいるからだと、文蔵親分はみています」

「わかった。辻強盗が見つかれば身の潔白が明かされるだろう」

十郎太は不快そうな顔で言う。

「辻強盗を見つけるんですか」

「それしかあるまい」

「危険ですぜ。夕暮の町をうろついていたら、よけいに疑《うたぐ》られる。それに、一昨日殺された『片倉屋』の番頭は十両持っていたらしい。それだけの金が手に入れば、しばらくは動かないはずだ」

「そうだな。では、吉原を探すか」

「だめです。のこのこ吉原に足を運んだら、盗んだ金で女に会いに行くと思われる」

「しかし、見つけ出せるとしたら吉原だ」

「行ってはだめだ」

　孝助は強い口調で言う。

「それでは何も出来ぬではないか」

「何もしないことですぜ」

「何もしない？」

「特に日暮れたら長屋と『樽屋』の往復以外、何もしないこと。そうすれば、辻強盗が出たときに疑いが晴れる」

「ちっ。情けないことだ」

「疑られていることをよく考え、慎重に動いてくださいな」

「まあ、そなたの忠告は聞き入れるが、俺は俺のやり方で身の潔白を証す。文蔵親分にそう伝えろ。じゃあ」

十郎太は軽く手を上げて去りはじめた。足は千鳥足だ。いま、話していたときは酔った感じはなかった。

酔ったように見せかけているだけだ。店で寝込んでしまうのは偽りかもしれない。

「待ってくれ」

孝助は声をかけた。

「なんだ?」

わざと酔ったような目を向けた。

「俺も手伝う」

「なに?」

「俺も辻強盗を探します。いいですか、あなたがひとりで町中をうろついてみなさい。どこかで辻強盗が出れば、あなただと思われる。いいですね、勝手に動かないでください」

孝助はもう一度言う。

「物好きだ」

十郎太は歩きはじめた。

酔ったふうを装っているが、背中は正気だ。孝助は姿が見えなくなるまで立ってい
た。

二

頭に手拭いをかぶり、縞《しま》のよれよれの着物を尻端折《しりはしょ》りにして草鞋《わらじ》履き、籠《かご》を下げた天秤棒《てんびんぼう》を担ぎ、手には秤《はかり》を持った紙屑《かみくず》買いの男が田原町一丁目の太物《ふともの》問屋『片倉屋』の前を行きすぎるとき、店先に険しい目をやった。

ふつう紙屑買いは二人連れ立って反故紙《ほごがみ》や紙屑を買い集めるのだが、その男はひとりだ。そのせいか、籠にはそれほどの収穫はないようだ。それに、男の顔には皺《しわ》が刻まれている。かなりの年配のようだった。

千代治《ちよじ》、五十歳である。『片倉屋』の店先を行きすぎてから、途中で立ち止まって振り返る。

一昨日、番頭の亀太郎が辻強盗に遭って殺された。だが、店は平常通り開いて、商売は続けられている。

番頭は吉原に行く途中に辻強盗に襲われたということになっているが、大店《おおだな》の番頭

があの日が暮れたばかりの時間に吉原に行くとは信じられなかった。吉原への道を辿《たど》れば三ノ輪に向かう。三ノ輪と言えば……。しかし、そんなことがあるだろうか。

千代治は稲荷町《いなりちょう》の問屋に集めた古紙を持ち込んで幾ばくかの銭をもらい、浅草阿部《あべ》川町《かわちょう》の長屋に帰った。

日暮れて、部屋の中は暗かった。千代治は部屋に上がって行灯《あんどん》に火を入れる。部屋の隅に置いてある手作りの仏壇の前に座る。これも手作りの位牌《いはい》に手を合わせる。

書いてある俗名も千代治の拙《つたな》い文字だ。

「簑助《みのすけ》。もう一年だ。早いもんだぜ」

倅《せがれ》の簑助が死罪になったのは去年の明日のことだ。八月の秋風がひんやりしてきた頃だ。簑助は店の金を持ち逃げし、その際、女中を連れ出したという。

簑助は田原町一丁目にある太物問屋の『片倉屋』の手代だった。十歳で奉公に出て十二年。厳しい奉公に堪《こら》えきれなくなったのか、簑助は『片倉屋』の主人の部屋から土蔵の鍵《かぎ》を盗み、二百両を奪って女中のおはんを連れて逃げた。

だが、三日後、三ノ輪にあるおはんの実家に隠れ住んでいるところを、北町定町廻り同心丹羽溜一郎と蝮の文蔵に捕らえられたのだ。

十両を使っただけで、百九十両は無事に『片倉屋』に戻った。たった三日で、簑助は御用になった。

なぜ、簑助があのようなばかな真似をしたのか。簑助はおはんに同情し、おはんに導かれるままに、盗みを働いてしまったのだと取り調べで答えた。

おはんがお店でひどい仕打ちに遭っている。自分が助けてやらなければ、おはんは死ぬかもしれない。簑助はそう信じていたのだ。

しかし、おはんは簑助に無理やりに連れ去られたと訴えた。おはんはなぜ、嘘《うそ》を言うのか。

千代治は日本橋本町にある下駄問屋の下男をしていた。一年前、簑助が捕まったことを聞いて仰天し、すぐに同心の丹羽溜一郎に会いに行った。

「簑助はどうなりましょうか」

すがりつくように、千代治はきいた。

「十両以上盗んだ奉公人は死罪ということになっている。簑助は二百両を盗んだのだ。死罪は免れまい」

「げっ。死罪」

息が詰まりそうになった。

「百九十両が返ったとはいえ、十両は返っていない。だが」

と、丹羽溜一郎が続けた。

「片倉屋が助命を嘆願してくれたら助かるだろう」

「片倉屋さんが？」

「そうだ。俺も口添えしてみるが、片倉屋に頼んでみるがいい」

丹羽溜一郎は親切に言ってくれた。

「はい。そういたします。ありがとうございました」

千代治は、『片倉屋』に行き、主人徳兵衛《とくべえ》に会い、土下座して簑助の不始末を詫《わ》び、助命の嘆願を求めた。

「お願いでございます。どうか、簑助をお助けください」

だが、徳兵衛は拒否した。

「だめだ。許せぬ。二百両も盗んだ上に、女中まで連れ去った。番頭の話では、簑助はおはんをだましていたそうではないか。そんな男を許せるわけがない」

「簑助は十歳の折からこちらさまでお世話になっております。旦那《だんな》さまや内儀さんによくしていただいている。このご恩は一生懸命に働いてお返しすると言っておりました。その簔助があのようなことを仕出かしたのはきっと何か深いわけがあったに違いありません。どうか、そのことをお酌《く》み取りください」

「だめだ、だめだ。このお店の信用も傷つけた。そのような者を許すわけにはいかない」

激しい剣幕で言い、かえって厳罰を求めたのだ。

もし、徳兵衛がお仕置き赦免を願えば簔助は江戸払いで済んだかもしれない。だが、簔助は死罪になった。

簔助がひとり悪者になったのは番頭の亀太郎の訴えもあった。番頭が簔助を貶《おとし》めるようなことを言わなければ、徳兵衛も気持ちが変わったかもしれない。

簔助を殺したのは徳兵衛と番頭だ。そう思い、簔助の一周忌を目処《めど》にふたりに仕返しを決意した。

そして、まず番頭を殺ることになっていた。ところが、番頭は先に辻強盗に殺られてしまったのだ。

死んだことには変わりないが、仕返しが出来なかったことは悔しかった。追いつめたのに、あと少しで逃げられてしまった。それも永遠に手の届かないところに去られた。無念としか言いようがなかった。

だが、真の狙いは片倉屋徳兵衛だ。簑助を助けてやることが出来る立場でいながら、番頭の讒言《ざんげん》を信じ、考えを誤ったのだ。

突然、大きな音とともに怒鳴り声がした。千代治は思いを破られ、顔をしかめた。隣の家の戸が開く音がした。

女の悲鳴が聞こえた。おくにだ。亭主の安蔵《やすぞう》が暴れ出したのだ。また、酔っぱらっているのだろう。

安蔵は二十八歳。職人だったらしいが、手慰みが過ぎて親方から縁を切られた。それからは自棄《やけ》になったのか、それともそれが本性なのか、安蔵は仕事を探そうとせず、おくにの仕立ての仕事を当てにして暮らしている。

ものを投げつける音がした。千代治はいたたまれずに立ち上がった。外に出ると、路地に大家をはじめとして長屋の何人かが飛びだしてきていた。

「おまえさん、それだけはやめておくれ」

おくにが安蔵にしがみついた。

「うるせえ」

安蔵はおくにを突き飛ばした。

悲鳴を上げて、おくには倒れた。安蔵は小紋の着物を抱えていた。

「やめておくれ。おっかさんの形見なんだ。だめよ、それは」

おくには安蔵の足にしがみついた。

「しつこいあまだ」

安蔵は足蹴《あしげ》にし、おくには仰向けに倒れた。

「安蔵。やめねえか」

大家が見かねて止めに入った。

「大家さん。これはおれっち夫婦のことだ。口だしは遠慮してくださいな」

安蔵は冷たく突き放す。

「その着物、どうするつもりだ。質に入れるのか。また、博打《ばくち》か」

「自分のものをどうしようと人さまから指図される謂《い》われはありませんぜ」

「それはおまえのではない。おくにさんのものだ」

大家が憤慨して言う。

「嬶《かかあ》のものは俺のものだ」

「違うわい」

女房のひとりが声をかけた。

安蔵が女の顔をじろりと見て、

「おたけさんか」

と、吐きすてるように言い、

「夫婦のことに口出しはよしてくんな」

「おくにさんはいやがっているんだよ」

おたけが着物に手をのばそうとした。

「なにしやがんだえ」

安蔵はおたけを突き飛ばした。おたけはよろけてどぶ板の上に尻餅《しりもち》をついた。

「安蔵さん。いけませんぜ」

千代治は行く手を塞《ふさ》ぐように前に立った。

「なんでえ。おめえのようなよそ者なんかの出る幕じゃねえ。引っ込んでいろ」

千代治がこの長屋に住みはじめてまだ半年足らずだ。だから、何年もここに暮らしている者からみれば、千代治はよそ者であった。

「おれはもう半年も住んでいるんだ。よそ者じゃねえ。なあ、安蔵さん、おかみさんを泣かしちゃいけねえ」

千代治は厳しい顔で言う。

「よけいなお世話だ。さあ、どけ」

安蔵は千代治も突き飛ばした。

「おまえさん、乱暴はやめておくれ」

おくにが悲鳴を上げる。

「何が乱暴だ。ちっ、面白くねえ。さあ、どいてくれ」

立ちふさがる長屋の住人を払いのけ、安蔵は長屋木戸を出て行った。

「なんて、男なんだ」

おたけが憤然と言う。

「おくに。あんな男といつまでもいっしょにいたんじゃだめだ」

大家が苦い顔で言う。

おくにはしゃがんで泣いていた。

「家に入れてやれ」

大家がおたけに言う。

「はい」

「大家さん。なんとかならないんですかえ」

千代治は大家に声をかけた。

「ああ、このままじゃ、だめだ」

大家は難しい顔で言う。

「ふたりを別れさせられないんですかえ」

「安蔵は別れようとしない。おくにもそんな腹はないだろう。いつか、まっとうになってくれると信じているんだ」

まっとうなんかになりっこねえと、千代治は思った。

「まあ、当分様子をみるしかねえ」

大家の優柔不断さに歯がゆい思いで、千代治は部屋に引き上げた。

とんだ騒ぎだったと、改めて位牌の前に座った。おくにをはじめて見たとき、千代治は目を見張った。簑助の母親の若い頃に似ていた。母親は簑助が六歳のときに病死をした。

母親に遺体に取りすがって泣いていた簑助の姿が脳裏に焼きついている。

簑助。おまえのおっかさんに似ているおくにさんに仕合わせがくるように見守ってやってくれ。

千代治は簑助の位牌にずっと手を合わせていた。

翌日、千代治は朝に阿部川町の長屋を出て、小塚原《こづかつぱら》の刑場にやって来た。

いまはさらし首はなく、通行人は足早に素通りして行く。秋の陽差《ひざ》しが原っぱを明るく照らしているにも拘《かか》わらず、陰気で異様な雰囲気が漂っている。

千代治は小塚原の回向院《えこういん》に向かった。ここで処刑された罪人たちの供養塔の前に立つ。

きょうは簑助の祥月命日、すなわち死罪になった日だ。

『片倉屋』の主人徳兵衛に簑助の助命の嘆願を求めたが、聞き入れてもらえなかった。もし、片倉屋が助命を願ってくれたら、簑助は江戸追放、あるいは悪くても遠島で、死ぬことはなかったはずだ、とまたも悔やんでしまう。

刑のうちに、下手人の刑では斬首《ざんしゅ》のあと亡骸《なきがら》を引き渡されるが、簑助は死罪のためにこの地に捨てられた。死体を始末する非人に金を払って秘《ひそ》かに亡骸をもらい受けることも出来たが、千代治はあえてそれをしなかった。

その金を別の目的に使おうとした。仕返しだ。仕返しをしようにも、老いた千代治にはその力はない。だから、ひとに頼むしかない。殺し屋だ。

殺し屋の伝《つて》を探し求めて動きだし、半年前についに巡り逢《あ》ったのだ。

依頼した殺し屋がまず番頭の亀太郎を殺ろうとしたが、辻強盗に先を越されてしまった。だが、きょうの祥月命日には必ず片倉屋徳兵衛を殺ってくれるはずだ。

長い間、簑助の冥福《めいふく》を祈ってから、やっと千代治は供養塔から離れた。

仕置場から引き上げ、千代治は山谷町《さんやちょう》の途中から日本堤への道に入り、三ノ輪に向かった。

秋の陽光を受けて田畑が白く輝き、寺の大伽藍《だいがらん》の屋根の上に白い雲が浮かんでいた。

三ノ輪村にある百姓家に近付く。一年前と半年前に訪れたことがあった。きょうで三度目だ。

家の前に、年寄りが立っていた。おはんの父親だ。

千代治が近付くと、年寄りが顔色を変えた。

「おまえさんは確か……」

「はい。簑助の父親でございます」

「ああ」

父親は顔をしかめた。簑助に対する嫌悪であろうか。しかし、簑助があのようなことを仕出かしたのはおはんのためなのだ。

「おはんはここにはおりません」

切り出さないうちに、父親のほうから言った。

「どちらに？」

「知りません」

「知らない？　どうしてですか。娘の居場所を知らないのですか」

　千代治はむきになった。

「世話をしてくれるひとがあって、そこに行きました。落ち着いたら知らせてくれると言いながらいまだに音沙汰《おとさた》無しです」

「いつですか。おはんさんが出て行ったのはいつですか」

「半年前です。そう、おまえさんが訪ねてきたあと、しばらくしてからです」

　千代治が訪ねたとき、おはんは体を壊して寝ていた。僅《わず》かばかり、枕元《まくらもと》で話しただけで、すぐ引き上げた。

「じゃあ、体が回復してすぐに？」

「そうです」

「それきり会っていないんですか」

　疑ってきく。

「文はもらいました。なんとか元気にやっているようです。でも、探さないでくれと書いてありました。そういうわけですから、ここに来ても無駄です」

　父親は突き放すように言った。

千代治は足元が崩れたようになった。倒れそうになる体を必至に踏ん張り、

「きょうは簑助の祥月命日なんです。せめて、おはんさんと簑助のことを語り合いたいと思って……」

千代治の言葉を最後まで聞かずに、

「どうぞ、お引き取りください」

と、父親は言う。

ふいに、千代治の脳裏を掠《かす》めたものがあった。三ノ輪への道……。そうだ、あの日、番頭の亀太郎は三ノ輪に向かったのに違いない。

「待ってください。『片倉屋』の番頭さんはときたまここにやってきたんじゃありませんかえ」

「来ませんよ」

父親は激しく首を振った。

「来ない？　ほんとうですか」

「嘘だと言うんですか」

つっかかるように、父親は言う。

「さあ、お帰りください」

戸口に年配の女が顔を出した。おはんの母親だ。

近付いて来て、

「娘は近所の目に堪えられなくなって出て行ったんです。どうか、もうそっとしてやってください」

と、母親は目を伏せて言う。

「私はただ、きょうは倅の……」

こっちの言葉を聞こうとせずに、ぷいと向きを変え、ふたりは家の中に消えて行った。

千代治は啞然《あぜん》とした。やがて、簑助のことを足蹴にされたような怒りが押し寄せた。簑助はあんたの娘のためにあのようなことを仕出かしたんだ。そう叫びたかったが、虚しさに襲われ、ただ立ち尽くすだけだった。

三

昼飯時が済んで、いったん暖簾を仕舞うと、孝助は喜助に断って外に出た。

向かったのは吉原だ。砂利場から日本堤に出て、土手を行く。雨模様の空だが、雨はまだ持ちそうだ。

見返り柳を過ぎ、孝助は衣紋坂を下って五十間道《ごじっけんみち》を大門《おおもん》まで急いだ。

大門の左手に面番所があり、町奉行所の与力や同心や岡っ引きが出張ってきている。番人の強い視線を感じながら、孝助はその前を行き過ぎた。

そろそろ七つ（午後四時）になろうとしている。九つ（午後十二時）からはじまった昼見世は七つで引けを迎える。

もし、辻強盗の浪人が遊びに来ているとしたら、これから引き上げて行く。だが、浪人がいても辻強盗かどうかわからない。また、夜見世に来ているのかもしれない。したがって、辻強盗に出会うのはそれこそ浜の真砂《まさご》の中から針一本を見つけるぐらいの至難さであろう。

それでも、何か手掛かりが得られるかもしれない。そんな淡い期待を持って、孝助は仲《なか》の町《ちょう》通りを行く。

いくら盗んだ金でも引手茶屋を使っての大籬《おおまがき》に揚がれはしまい。中見世、小見世だ。まさか、おはぐろどぶ沿いにある安女郎のいる河岸《かし》見世ではなかろう。

水道尻《すいどじり》までの仲の町通りの右側に江戸町《えどちょう》一丁目、揚屋町《あげやちょう》、京町《きょうまち》一丁目、左側に伏見《ふしみ》町《ちょう》、江戸町二丁目、角町《すみちょう》、京町二丁目が並んでいて、それぞれの町に紅殻格子《べんがらごうし》の妓楼《ぎろう》が軒を連ねている。

これらのどこに揚がっているかなど、想像さえつかない。ほとんど見つけることなど、無理だ。にも拘わらず、僅かな期待を抱いてやって来たが、吉原の大きさに改めて圧倒されるだけだった。

そろそろ引けどきだ。孝助は大門まで戻った。

面番所から出て来た男がいて、孝助に声をかけた。

「孝助」

「あっ、親分」

文蔵だった。後ろにふたりの男がいた。ひとりは二十五歳になる源太《げんた》で、田原町にある鰻屋《うなぎや》『平沼《ひらぬま》』の跡取り息子である。もうひとりは十九歳と若い峰吉《みねきち》で、山谷町の紙漉《かみす》き職人の倅だ。ふたりとも、捕物好きで文蔵の手下になっている。

「どうした、十郎太がここにやって来たのか」

文蔵がきく。

「いえ。十郎太さんは辻強盗ではありません。ですから、別に辻強盗の浪人がいるんです。吉原に遊びに来る浪人を探してみようと思ったんですが、ここに来て、それがいかに大変なことかわかりました。仮に、浪人者を見つけても、辻強盗かどうかの証はないんですから」

孝助はこぼした。

「こいつらが面番所から浪人に目を光らせている。浪人の顔を頭に入れておくだけでもあとで役に立つ」

文蔵は言ってから、

「おめえは十郎太の素性を調べるんだ。ほんとうに、辻強盗ではないのか、それを調べるんだ」

と、命じた。

「わかりやした」

「他の浪人のことはこっちに任せておけ」

「へい」

孝助は素直に応じた。

再び、文蔵は面番所に戻った。

「孝助さん」

源太がにやつきながら、

「親分が仰《おっしゃ》るとおりだ。辻強盗のほうはあっしらに任せて、孝助さんは十郎太一本に絞ってくんなせえ。それに、孝助さんにはお店があるでしょうから」

と、暗に余計な真似はするなという口振りだった。

「心配いらない」

「そうですかえ。まあ、こんなところに顔を出さなくても結構ですぜ。十郎太を見張ればいいんですよ」

源太は敵愾心《てきがいしん》を燃やして言う。

こっちに先に辻強盗を見つけられたら、立場がなくなると思っているからか。

源太と峰吉は面番所に入って行った。ふたりの背中を見送りながら、なにかしっくりしない思いにとらわれた。その理由は思い当たらなかった。

大門を出て、孝助は衣紋坂を上がり、日本堤に出て見返り柳の陰から吉原帰りの客を待った。

やがて、駕籠に乗って商家の旦那ふうの男が行き過ぎ、俳諧師《はいかいし》らしい宗匠頭巾《そうしょうずきん》をかぶった一行やら遊び人ふうの者たち、近在の若者などが続々と衣紋坂を上がってくる。侍の姿もちらほら見掛けたが、浪人は目につかなかった。そのとき、おやっと思った。見掛けた顔の男がやって来たのだ。

中肉中背の商人ふうの男だ。三十前後で、肩幅の広い、がっしりした体つきだ。色が浅黒く、太い眉の横に大きな黒子があった。間違いない、佐野から商売でやって来た塚次という男だ。

塚次は孝助に気づかず、見返り柳を過ぎ、三谷橋のほうに歩いて行った。

その後、多くの客が引き上げて行ったが、浪人の姿は見掛けなかった。途中で、孝助は引き上げた。そろそろ『樽屋』の暖簾をかける時刻だった。

翌朝、朝陽が射《さ》し込んできて、孝助は目を覚ました。

きのう、吉原で文蔵と会ったが、やはり、文蔵たちは辻強盗が吉原に遊びに来ていると思っているようだ。子分の源太と峰吉を面番所に張りつかせていた。

あのときのしっくりしない心持ちに思いを馳《は》せた。何が、そうさせたのか。そういう思いになる直前、源太はこう言った。

「親分が仰るとおりだ。辻強盗のほうはあっしらに任せて、孝助さんは十郎太一本に絞ってくんなせえ。それに、孝助さんにはお店があるでしょうから」

俺たちで辻強盗を見つけると言った。十郎太を疑っているなら、もっと十郎太に関わってもいいように思えるが、文蔵にしても十郎太にそれほど執着していないようだ。

つまり、十郎太を辻強盗として疑っているわけではない。そうだ、しっくりしなかったのはこの件だ。

文蔵は辻強盗の探索は吉原を中心に行なっているが、十郎太の件は孝助任せだ。辻強盗として疑っているなら手下をもっと張りつけるはずだ。

ならば、文蔵はどういうわけで、十郎太を疑っていると言ったのか。わからない。

文蔵の狙いがわからない。

孝助は起き上がり、階下に行った。

孝助は『樽屋』の二階に住み込んでいる。喜助は一階に住んでいる。喜助は五年前にかみさんを亡くし、ひとり暮らしだった。

喜助の部屋はまだ障子が閉まっていた。まだ、寝ているようだ。

顔を洗ってから、孝助は勝手口から出て、待乳山聖天に行く。

毎朝、聖天さまに願掛けをしている。その願いを果たすために、孝助は江戸に戻って来たのだ。

自分が向かうのは茨《いばら》の道だ。しかし、その道を行かねばならないのだ。

(どうぞ、我にご加護を)

孝助は長い時間、聖天さまに手を合わせた。

やっと手を下ろし、一礼して踵《きびす》を返した。

孝助は石段をおり、今戸橋《いまどばし》を渡った。大川沿いをしばらく行くと、黒板塀の大きな料理屋が現われる。

塀の内側に見事な枝振りの松が見える。胸の底から何かが込み上げてくる。子どもの頃、あの松の枝に乗ったり、ぶらさがったりして、よく父と母に叱《しか》られたものだ。

十年前に他人の手に渡ったが、ここは孝助が生まれ、育ったところだ。孝助がここに住んだのは十二歳までで、そのあと、孝助は京に上った。

その場に佇《たたず》み、孝助がじっと松の木を見つめ、幼き日のことを思いだしていると、ふいに背後から声をかけられた。

「なにしているんだ?」

孝助が振り返ると、越野十郎太が立っていた。

釣り竿《ざお》と魚籠《びく》を持っている。

「釣りですか」

「なかなか釣れぬ」

十郎太は松の木に目を向け、

「あの松を見ながらぼうっとしていたが、あれに何かあるのか」

と、十郎太がきいた。

「いや、ただ……」

孝助は言いよどんだ。

「なんだ？」

「なんでもありませんよ」

「ふうむ」

十郎太は料理屋の門に目をやり、

「今は『鶴の家《つるのや》』という料理屋だが、十年前までは『なみ川《かわ》』という鯉《こい》こくと鰻料理で有名な料理屋だった」

呟《つぶや》くように言う。

「どうして、知っているのです？」

孝助は驚いてきく。二十六歳の十郎太にとっては、十六歳のときに『なみ川』は人手に渡ってしまったのだ。

「父から聞いた」

十郎太は何ごともないように言う。

「あなたは、江戸のおひとですかえ」

「……………」

「また、自分のことになるとだんまりですか」

孝助は苦笑する。

「なぜ、『樽屋』で働くようになったんだ？」

孝助の質問を聞いていなかったように、十郎太はまったく別のことをきいた。

「たまたまです」

「たまたまか」

「あなたこそ、どうしてこの土地に？」

「たまたまだ」

「あなたは……」

「『片倉屋』の番頭は十両を持っていたと言ったな」

唐突に、十郎太が辻強盗の話を持ち出した。

「そうです。十両です」

孝助はつられたように答える。

「なぜ、番頭がそんな大金を持っていたんだ。それに、ほんとうに吉原に行くところだったのか」

「いえ、あっしにはわからねえ」

ふたりの犠牲者が吉原に行くところだったので、浅草田圃で襲われたのだから、番頭も吉原に行く途中だったと思い込んだのだろう。

そのようなことを、孝助は話した。

「『片倉屋』の主人はなんと答えているのだ？」

「聞いてはいませんが、吉原に行くところだったと答えているのでしょう。違うなら、主人が親分に告げるはずです」

孝助は推し量って言う。

「ほんとうに吉原だろうか」

十郎太は疑問を投げかける。

「そのことが大事ですか」

「いや、わからない。ただ、大店の番頭が夕方から吉原に繰り出せるものなのか。以前から吉原通いをしていたのか」

「わかりました。調べてみます」

「調べる？」

「ええ、辻強盗の手掛かりを得られることは何でもしたほうが……」

「なぜだ？」

「えっ？」

「なぜ、そこまでする？」

「もちろん、辻強盗を捕まえるためです」

「俺のためじゃないな。辻強盗を捕まえて、文蔵の手下にしてもらおうという下心があるんだろう。そんなにしてまで、なぜ、あんな文蔵の手下になろうとしているんだ？」

「あっしは捕物が好きなんですよ」

孝助はむっとしたように言う。

「嘘だな」

「どうして、そう決め付けるんです」

「顔に嘘と書いてある」

「もう、その手は食いませんよ。十郎太さん、あなたはいったい何者なんですか」

「ただの浪人だ」

「この土地に来る前はどこにいたんですか」

「………」

「また、ですか」

また、だんまりを決め込むのかと、孝助は呆れ返った。

「そなたに嘘をつきたくないだけだ」

「えっ？」

「いい加減な作り話をすれば、そなたの問い詰めに答えられる。それをしたくないのだ」

十郎太は涼しい顔で言ってから、

「仕込みがあるのだろう。こんなところでいつまでも油を売っているわけにはいくまい。先に行ってくれ」

「文蔵親分は……」

孝助は言いさした。

「どうした？」

「いえ、なんでも」

「言いかけてやめるな。文蔵がどうかしたのか」

「文蔵親分は辻強盗があなたではないことをわかっているようでした」

「…………」

何か言おうとしたが、十郎太はすぐに言葉に出来なかった。

「じゃあ、今夜、またお待ちしています」

孝助は十郎太を残して先に引き上げた。

『樽屋』に帰り、勝手口から入ると、喜助が朝餉《あさげ》の支度をしていた。

「とっつあん、すまねえ。俺がやるぜ」

孝助はあわてて言う。

「いいってことよ。もう、出来る」

お付けのいい匂《にお》いがしていた。

「それより、どうした、いつもより時間がかかったようだが」

膳を出しながら、喜助はきいた。

「あの場所に立っていたら、越野十郎太に声をかけられた」

「あの浪人か……」

喜助の顔色が変わった。

「とっつあん、どうしたんだ？」

「何か、俺のことをきいてきたか」

喜助は厳しい口調できいた。

「いや。どうしてだ？」

「あの男、何かある」

「何か」

「そうだ。只者《ただもの》ではない。店で、いつも酔っぱらって寝てしまうが、あれはほんとうに酔っているわけではねえ」

確かに、十郎太は酔っているふりをしているのかもしれない。しかし、なぜ、そんな真似をするのか。

「十郎太は、今は『鶴の家』という料理屋だが、十年前までは『なみ川』という鯉こくと鰻料理で有名な料理屋だったと言ったんだ」

孝助は不審に思ったことを思いだした。

「『なみ川』のことを知っていたのか」

喜助は難しい顔をした。

「とっつあんはどう思うんだ？」

「わからねえ」

喜助は首を振った。

「なぜ、『なみ川』のことを知っていたのだろう」

「わからねえ」

喜助は同じ言葉を繰り返した。

「文蔵親分の態度も妙なんだ」

孝助は口にした。

「どういうことだ？」

「文蔵親分が、辻強盗の疑いで十郎太の見張りを俺にさせようとしていた。十郎太を疑っているのかと思ったが、そうでもないようなんだ」

孝助は吉原での一件を話した。

「そうか。文蔵は別の理由で十郎太を見張りたいことがあるのだ。文蔵も十郎太に何かを感じ取っているのかもしれねえ」

「なんだろうか」

「いずれにしろ、『なみ川』のことを知っているようだ。十郎太に注意したほうがいい」

喜助は鋭い声で言う。

「わかった」

孝助は答えたが、『なみ川』がなくなったのは十年前だ。孝助と同い年の十郎太は当時十六歳だ。

『なみ川』を知っているのは十郎太の父親だ。十郎太はそのようなことを言っていた。十郎太がこの地にやって来たのは『なみ川』に関わりがあることだろうか。だとしたら、どんな関わりか。孝助は改めて、十郎太に興味を覚えた。

四

その夜、千代治は駒形堂《こまかたどう》の境内に入った。

昼間、田原町の『片倉屋』の店先に行き、主人の徳兵衛が店に出て来ていたのを見てから長屋に帰ると、土間に投文があり、夜駒形堂で待つとあった。

川風を浴びながら待っていると、暗がりからふっと相模《さがみ》の伝八《でんぱち》が現われた。三十過ぎの落ち着いた風格の男だ。縞の着物に羽織、宗匠頭巾をかぶっている。

「どうしたんだ？　片倉屋はぴんぴんしているじゃねえか」

千代治はつい声を荒らげた。

「きのう、徳兵衛は外出しなかった」

「外に出なかった？」

「そうだ。ここ何日も見張っていたが、外出しなかったのははじめてだ」

伝八が当惑したように、

「徳兵衛は知っていたんだ」

「なんのことだ？」

「徳兵衛は用心棒を雇っていた」

「用心棒？」

「そうだ。それもふたり。最近、外出するとき、必ず徳兵衛のそばに浪人の用心棒がふたり、ぴったりとくっついていた」

伝八は苦い顔をし、

「用心棒がいても隙《すき》をつく自信はあるが、出てこないんじゃ仕方ねえ」

と、いまいましげに言う。

「簑助の死んだ日に命を奪いたかったが……」

千代治は無念そうに言ってから、

「なぜ、片倉屋は用心棒を？」

と、きいた。

「こっちの動きを知っていたとしか思えねえ」

「知っていた？　番頭が殺されたことで何かを察したのか。しかし、あれはあんたが殺る前に辻強盗に先を越されたんだろう」

伝八が殺しを請け負ってくれたのだ。それも、安い銭で。

「そうだ。番頭は刀で斬られた。だから、番頭の件から片倉屋が仕返しを知ったわけではない。別のところから知ったのだ。それで、用心棒を雇ったのだ。片倉屋は、簑助さんの仕返しがあることを、誰かから聞いていたんだ」

伝八は激しく言う。

伝八と知り合ったのは今年の四月の月命日に小塚原の回向院に行ったときのことだった。罪人の供養塔の前に佇んでいる墨染の男がいた。笠の下の顔は三十過ぎの鋭い顔つきの男だった。僧侶ではなかった。それが伝八だった。

どちらからともなく、声をかけた。お互い、何か同じようなものを抱えていたせいか、引き寄せるものがあったのだろう。

小塚原の刑場の異様な雰囲気が言わせたのか、千代治は簑助の話をし、倅を助けてくれなかった片倉屋に仕返しをするために生き長らえているのだと話した。

伝八も打ち明けた。数日前に獄門になった盗賊のおかしらの子分だったことを。火盗改めに踏み込まれた隠れ家からただひとり逃れたものの、慕っていたおかしらや多くの仲間を失って、これからどうやって生きていっていいかわからないのだと言った。

その瞬間、ここで出会えたのはなにかの巡り合わせだと思った。千代治は、伝八に殺しを頼んだ。

最初は聞く耳をもたなかったが、やがて伝八の目が輝いてきた。

「いってえ、誰からきいたのか」

伝八の声に我に返った。

「信じられねえ。知っていたなんて」

千代治は不思議に思った。

「今夜でも襲うことを考えたが、その前に確かめなければならねえ。復讐《ふくしゅう》にくることを、どうして知ったのか」

伝八は首をかしげてから、

「誰かが話したとしか思えない」

「そんなはずはねえ」

千代治は憤然と言う。

「こいつはもう少し調べなおしたほうがいいかもしれねえ」

伝八はずいぶん気にしている。

「しかし、調べ直すって……」

「簑助の仇《かたき》を討つという話を誰かにしたことは、ほんとうにないのかえ」

伝八は迫るようにきいた。

「そんな大それたことは誰にも話さねえ。話すはずはねえ。話したのはおはん……」

千代治ははっとした。

「おはんに話したのか」

「まさか」

「いつだ？」

「半年も前のことだ。おれの覚悟を告げるために行ったのだ。おはんは体を壊して寝ていた。その枕元で、俺はこう言った。命日に簑助の仇を討つと」

千代治を胸がむかつくような不快感が襲ってきた。

「どうした？」

伝八がきく。

「きのうおはんの実家に行ったら、おはんは世話をするひとがいて、半年前に家を出て行ったと言っていた」

「家を出て行った？　おはんの実家はどこだ？」

「三ノ輪だ」

「三ノ輪……。四日前、俺は番頭を殺すために、『片倉屋』から出て来た番頭のあとをつけた。その途中で、辻斬りが出たのだが、あの番頭はほんとうに吉原に行くところだったのか。あの道は三ノ輪にも通じる」

「俺も番頭はおはんの実家に行くところだったと思っている。いや、今までもなんどか行っているんだ」

「すると、あの十両はおはんの実家に届けるためか」

「なぜ、そんな大金を……」

千代治はあっと叫んだ。

「世話をするひとって『片倉屋』か」

「そうだ。それに違いねえ」

伝八は言いきった。

「しかし、なぜ、片倉屋が……」

「そう考えれば、片倉屋がこっちの動きを知っていたわけもわかる。千代治さんが命日に仕返しをするって話はおはんから聞いたに違いない。そんなときに番頭が殺されたので、片倉屋は用心をしたのだ」

伝八は顔をしかめて、もう一度、そうに違いねえと吐き捨てた。

「だが、どうして、おはんは片倉屋に……」

伝八は首をかしげた。

「片倉屋は簑助といっしょに逃げたおはんを、そそのかされただけだということで助命を求めた。そのことで、おはんは片倉屋に借りが出来たと思っていたのかもしれない」

千代治は焦ったように言う。

「まずいな。すっかり、警戒をしているってことだ」

伝八は口許を歪めた。

「ちくしょう。あの女」

千代治は体が震えた。簑助はおはんのためにあのようなことを仕出かしたのだ。

「いずれにしろ、ほんとうにおはんが片倉屋の世話を受けているかどうか確かめよう。片倉屋はいつも用心棒を引き連れているはずだ。迂闊《うかつ》には手が出せねえ」

「仕方ねえ」

「それより、千代治さんも十分に気をつなきゃならねえぜ。片倉屋のほうが先にあんたを殺しにかかるかもしれねえ」

伝八は厳しい顔で言う。

千代治は唸《うな》ってから、

「わかった。気をつけよう」

と、応じた。

「じゃあ、先に引き上げてくれ」

「わかった」

千代治は行きかけて、振り返り、

「あんたは辻強盗を見たんだな？」

と、思いだしてきいた。

「ああ、見た。笠をかぶって袴を穿いて浪人の格好をしていたが、あれは侍ではなかった」

「侍じゃない？」

「そうだ。おそらく、町人で剣術を習った者だ。町方は浪人に目をつけているのだろうが、とんだ見当違いだ」

「町方に知らせてやらねえのか」

「そんなことをしたら、こっちがあぶねえ」

「そうだな。じゃあ」

千代治は先に引き上げた。

千代治が阿部川町の長屋に帰ると、おくにの家から罵声《ばせい》が聞こえた。安蔵がまた暴れているのだ。路地には、何人かが出てきた。

千代治が乗りこもうとしたとき、腰高障子が開いて、安蔵が出て来た。

「なんでえ」

「怒鳴り声がしたのでな」

「よけいなお節介だ」

安蔵は千代治の肩に自分の肩をぶつけてすれ違い、木戸のほうに向かった。千代治はよろけて、踏ん張った。が、肩に痛みがあった。

「千代治さん。だいじょうぶかえ」

おたけが声をかけた。

「ああ、だいじょうぶだ。なんて奴なんだ」

千代治は吐き捨てた。

家の中から泣き声が聞こえた。おくにが泣いているのだ。その泣き声が胸に迫った。なぐさめようと戸に手をかけたが、思い止まった。どんな声をかけたらなぐさめになるのか。

千代治は諦《あきら》めて自分の住まいに戻った。

仏壇の前に座り、簑助の位牌に語りかける。

「簑助、すまねえ。仇を討てなかった。もう少し待ってくれ」

まず詫びたあと、

「簑助。あのおはんって女とおめえはどういう仲だったんだ。ほんとうに惚《ほ》れあったのか。単に、同情しただけだったのか」

千代治はまたも疑問を口にした。伝八が言うように何かあると疑わざるを得ない。なぜ、片倉屋がおはんを引き取ったのか。その証はないが、番頭が浅草田圃を通ったのは吉原に行くためではなく、三ノ輪に向かったのだと考えられる。おはんの実家に十両を届けるためではないか。

世話をしてくれるひとがあって、おはんは引っ越したという。片倉屋だ。なぜ、片倉屋はおはんを引き取ったのか。

簑助にそそのかされたというおはんの訴えを、信用したのだろう。おはんは最初から簑助をだましていたのか。それとも捕まったあとで、自分だけ助かりたいと思い、作り話をしたのか。

もし、片倉屋の世話になっているとしたら、やはり、おはんは簑助の同情を買うように騙したのかもしれない。

「簑助。おはんはおめえを利用したのか」

だとしたら、片倉屋だけでなく、おはんにもまた仕返しをしなければならない。そうでなければ、簑助が浮かばれねえ。千代治は胸を掻《か》きむしりたくなった。

だがと、千代治は先走った考えを思い止まった。ほんとうに、おはんが片倉屋に引き取られたかどうかはまだわからない。

まず、そのことを確かめることが先決だ。

ふと薄い壁を通して泣き声が聞こえてきた。となりのおくにだ。このままなら、おくには不幸から抜け出せない。

なんとかしてやりたいと思ったが、千代治には何の力もなかった。

翌日、千代治は『片倉屋』の店先を見ていた。

間口の広い店先に客がひきりなしに出入りをして、奉公人も忙しそうに立ち働いている。手代ふうの男は婦人客を見送りに出てきた。

簑助もああやって働いていたのだ。今ははっきりわかる。おはんにそそのかされたのだ。しかし、おはんはなんのために簑助を利用したのだろうか。

「千代治、久し振りだな」

いきなり、声をかけられて、千代治は飛び上がった。

振り向くと、岡っ引きの文蔵が立っていた。手下をふたり連れていた。

「これは、親分さん」

千代治は軽く頭を下げる。

「こんなところで何をしているんだ？」

「この前を通り掛かったんで、ちょっと倅を思いだしていたんです。長い間、世話になったところですから」

「それだけかえ？」

文蔵の目が鈍く光った。

「えっ？　どういうことですかえ」

「だから、もっと他に、狙いがあるんじゃねえかってきいているんだ」

「狙いってなんですかえ」

狼狽《ろうばい》を隠して、千代治はきく。

「おめえ、片倉屋を恨んでいるんじゃねえのか」

「滅相もない。悪事を働いたのは倅でございます。誰を恨むなんてありません」

「そうかえ。あんとき、うちの旦那に言われ、片倉屋に助命の嘆願を頼んだんじゃなかったかえ。ところが、片倉屋はおめえの頼みを撥《は》ねつけたために死罪になった。だから、片倉屋に仕返しをしてやろうと……」

「親分さん。ご覧のように、あっしはこんな耄碌《もうろく》した年寄りですぜ。あっしになにが出来るっていうんでございますかえ」

「別に自分で手を出す必要はあるまい。金さえ出せば、殺しを請け負ってくれる危険な輩《やから》はいくらでもいよう」

文蔵は冷たい目を向けた。

「いえ。あっしにそんな金はありませんぜ。あっしはずっと下男をして、その日暮らしできました。そんな人間に、蓄えなどありませんぜ」

千代治は弁明する。

「今、なにしているんだ？」

「へえ。紙屑買いをして、細々と暮らしております」

文蔵はじろりと見て、

「倅を失って、楽しみはあるのかえ」

「いえ。早く、倅のところに行きたいと願ってます」

「その前に、片倉屋に恨みを晴らそうとは思わねえのか」

「そんな気はありません。ただ、倅といっしょに逃げたおはんの行く末が気になっております。そうだ、親分さん。おはんの居場所をご存知じゃありませんか」

「知らねえな」

文蔵は口許を歪めた。

「そうですかえ。じつは、倅の一周忌なもので、おはんと倅のことを語り合いたいと思って、三ノ輪にあるおはんの実家を訪ねたのですが、世話をするひとがあって実家を出たそうなんです。ふた親はその相手を知らないそうなんです」

「ふた親が知らないものを、俺が知るわけあるまい。ところで、おめえ、いま、どこに住んでいるんだ」

「阿部川町です」

「阿部川町？　近くだな」

文蔵の目が鈍く光った。

「へえ」

「なぜ、阿部川町なんだ？　『片倉屋』の近くだからか」

「いえ、たまたまでございます。では、あっしはこれで」

会釈してすり抜けようとしたとき、

「千代治」

と、文蔵が呼び止めた。

「へい」

「おめえ、妙な真似をするんじゃねえぜ」

「えっ、なんのことでございましょう」

「まあ、いい。行っていいぜ」

文蔵は冷笑を浮かべて言う。

背中に文蔵の強い視線を感じながら、千代治は東本願寺のほうに歩きだした。ずっと射るような視線から逃れられなかった。

なぜ、文蔵があんなところにいたのか。徳兵衛が訴えたとしか思えない。用心棒を雇い、その一方で岡っ引きにも訴えている。

文蔵は徳兵衛から金をもらっているのだろう。岡っ引きなんてごろつきと同じだと、千代治は罵りたくなった。

それにしても、徳兵衛はかなり用心している。本気で、復讐が行なわれると信じているようだ。やはり、おはんから聞いたのだ。

おはんは徳兵衛の庇護のもとにいる。なぜ、徳兵衛はおはんに手を差し伸べたのか。

東本願寺前を過ぎ、新堀川《しんぼりがわ》にかかる菊屋橋《きくやばし》を渡り、すぐ左に折れた。

川筋を阿部川町に向かうと、龍宝寺《りゅうほうじ》手前の川の周辺が騒々しい。男が川の中に入り、橋から網を持ったものが声を張り上げている。

「常《つね》、そっちだ。追い込め」

声を張り上げているのが、安蔵だと気づいた。

「よし。いいぜ」

川の中で魚が跳ねた。

千代治は立ち止まって様子を窺った。

「ほれ、引き上げろ」

掬《すく》いあげた網の中で暴れているのは大きな鯉だ。

寺から住職らしい坊さんが出て来た。太い眉も白く、かなりの年寄りだ。

「これ、何をしているんだ？」

年寄りとは思えぬ大声だ。

「見てくれ。こんな大きいぜ」

安蔵が答える。

「なんということを。すぐ、放すのだ。放しなさい」

住職は目を剝《む》いて叫ぶ。

「冗談じゃねえ。せっかくつかまえたんだ」

「その鯉は新堀川の主じゃ。祟《たた》りがある。罰が当たらぬうちに放せ」

「あにき。どうする？」

川から上がった男が脅えたように言う。

「何が主だ。祟りだなんて笑わせるねえ」

安蔵は取り合おうとしない。

通りがかりの野次馬も、大きな鯉に目を見張《みは》っていた。その中に、大家の作兵衛《さくべえ》とおたけの顔があった。

ふたりとも蔑《さげす》むような目を、安蔵に向けていた。

安蔵と常と呼ばれた男がいずこかに去って行ったあと、住職が大家の作兵衛に気づき、

「あの安蔵はそのほうの長屋の店子《たなこ》であろう。鯉を殺したり、ましてや食したりしたら、必ず罰が当たるはずだ。よいか、鯉を供養せねば祟られる。寺に寄越すように」

「わかりました」

大家は自分が叱られたように小さくなった。

千代治は長屋に帰った。おくにが住まいから出て来た。桶《おけ》を持っているから、井戸まで水を汲みにいくところらしい。

ほつれ毛が頰にかかり、窶《やつ》れが目立つ。千代治は痛ましい思いで住まいに戻った。

第二章　祟り

一

　孝助は板場から店を覗《のぞ》いた。いつもの顔ぶれが集まって、賑《にぎ》やかだ。十郎太も小上がりの奥に座っている。

　文蔵が十郎太に目をつけていたのは辻《つじ》強盗とは別の理由のようだ。なぜ、辻強盗の疑いと偽り、孝助に見張らせようとしたのかわからない。

　十郎太に不審の目を向けていたのは文蔵だけではない。喜助もだった。十郎太がこの地にやって来たのはたまたまではない。何かの目的があってのことに違いない。

　十郎太はひとり静かに手酌で呑《の》んでいる。周囲の馬鹿騒ぎに乗ることもなく、またそれを不快だとも思っていないようだ。

　格別に何らかの狙《ねら》いがあって、この店に来ているようには感じられない。だが、十郎太には何かあるという思いはますます強まった。

戸が開き、中肉中背の商人ふうの男が入って来た。塚次だ。先日、塚次が吉原から引き上げるのを見たことを思いだした。

商売で江戸に出てきたと言っていたが、塚次は吉原に馴染《なじ》みでもいるのか。

塚次は辺りを見回し、空いている場所を探した。ちょうど、十郎太の近くの小上がりが空いて、塚次はそこに十郎太には背中を見せるように座った。

おたまが注文をとりに行った。熱燗《あつかん》です、と戻って来たおたまが喜助に言う。喜助がちろりから銚子に酒を移して、おたまに渡す。

おたまが銚子を塚次のもとに持って行く。

孝助が和《あ》え物を器に盛っていると、喜助が板場に入って来て、

「あの塚次という男と十郎太は顔見知りではないのか」

と、小声で囁《ささや》いた。

「どうしてですね」

「十郎太がときたま塚次に目をやっている。見てみろ」

孝助が首を伸ばして覗く。確かに、十郎太の視線が塚次の背中に当てられている。

塚次は黙って酒を呑んでいる。

「十郎太はここで塚次を待っていたのかもしれねえ」

喜助は想像する。

「でも、塚次はまだ二度目です」

「まあ、もう少し様子をみよう」

喜助が板場を出た。

それから半刻《はんとき》（一時間）ほどして、塚次が小上がりから下りた。おたまに勘定を渡している。

塚次が戸口に向かうと、十郎太が立ち上がった。

喜助がやって来た。

「十郎太のあとをつけてくれ」

「わかりました。あと、お願いします」

孝助は前垂れをとり、襷《たすき》を外して、裏口から出た。

表にまわる。月明かりに、大川のほうに向かう十郎太の姿が見えた。その先に、塚次が歩いて行く。

やはり、十郎太は塚次のあとをつけているようだ。孝助は用心深く、十郎太を追った。

十郎太は山之宿町《やまのしゅくまち》から花川戸《はなかわど》に向かった。人気の途絶えた通りに十郎太の影が伸びている。

小さな荒物屋の前で立ち止まった。塚次の姿は見えない。荒物屋に入って行ったのか。看板に『大島屋《おおしまや》』とあった。

しばらく経《た》って、十郎太は引き返した。

あわてて、孝助は路地に身を隠す。十郎太は大川のほうに足を向けた。やがて、立ち止まった。

十郎太がいきなり振り返った。孝助が隠れる間はなかった。しかたなく、孝助は近付いて行った。

「何か用か」

十郎太が冷やかな声できく。孝助に気づいていたようだ。

「塚次さんとはどういう間柄なんですね」

孝助は直截《ちょくせつ》にきいた。

「赤の他人だ」

「では、なぜ、あとを？」

「たまたま、行く道がいっしょだったのだ」

十郎太は平然と答える。

「また、たまたまですか。十郎太さんの住いと逆ですよ。それに、いつも店を閉めるまでいるのに、どうして今夜は早く引き上げたんですね」

「少し大川の夜風に当たりたくなった」

「この前、なんて言いました？　あっしには嘘《うそ》をつきたくないから黙っているんだと言いませんでしたか。だったら、今は黙っているべきだったんじゃないですか」

「………」

十郎太は含み笑いを浮かべた。

「なぜ、俺のことを詮索《せんさく》する？」

「あなたが謎《なぞ》だからですよ。文蔵親分はあっしにあなたを見張るように命じた。辻強盗の疑いからではありません」

「喜助さんも、俺に不審を抱いているようだな」

「気づいていたんですか」

「俺が気になるようだった」

「十郎太さん、いったいあなたは……」

「塚次は」

孝助の言葉に覆い被《かぶ》せるように、十郎太は言う。

「奴は剣術の心得がある」

「えっ？」

「摺《す》り足や腰の据わり、手には竹刀《しない》だこがあった。そこそこの腕はある。剣術道場に通っていたはずだ」

「だからといって、なぜ、塚次のあとを？」

「血の匂《にお》いだ」

「血の……」

「気になるだろう。奴の体には微《かす》かに血の匂いが染みついている。それも最近のことだ」

「血の匂いがわかるのですか」

「単に血の匂いというわけではない。表情にも仕種にもひとを斬《き》った証《あかし》が残る。それらをひっくるめた血の匂いだ」

「塚次は吉原に行っています」

孝助は塚次を見掛けたことを話した。

「奴かもしれぬな」

「まさか……」

辻強盗のことだ。

「間違いない。だが、証はない」

十郎太は顔をしかめ、

「証は、次に辻強盗を働くときにしか見つけ出せない。それまで待つしかない」

「それでは、また犠牲になる者が……」

「その直前に取り押さえるのだな。そのためには常に見張りをつけてなければならない。塚次は、さっきの荒物屋の二階に間借りしている」

「わかりました。明日、文蔵親分に話してみます」

「信じるかどうか」

十郎太は厳しい顔をした。

「信じるはずです。このまま、浪人だと思い込んでいたら、永遠に辻強盗を捕まえることは出来ない。それに……」

孝助は息を継ぎ、

「十郎太さんの辻強盗の疑いを晴らせば、俺は自分の役目を果たしたことになります。俺は、十郎太さんが辻強盗かどうかだけを探るように言われただけですから」

と、にんまりした。

翌日、孝助は花川戸の荒物屋の前を通り、近所で『大島屋』のことを聞いてから東《ひがし》仲町《なかちょう》にある文蔵の家に行った。

文蔵はかみさんに羽二重《はぶたえ》団子《だんご》の店をやらせている。朝から店は開き、すでに客が来ていた。ふだんから、観音様詣《もう》での客で店先はいつもいっぱいだった。

「ごめんくださいまし」

店の横にある戸口から訪問を告げた。

文蔵のかみさんが出て来た。もと料理屋で働いていた女で、うりざね顔の色っぽい女だ。二十七、八歳か。

「あっしは『樽屋』の孝助と申します。文蔵親分はおいででございましょうか」

「待っておくれ」

そう言い、かみさんは奥に引っ込んだ。

代って、若い男が出てきた。松吉だった。

「おう、孝助。どうしたんだ?」

「へえ、ちょっと親分のお耳に入れたいことが」

「なんでえ」

「へえ、辻強盗の件で」

「なんだと。まあ、上がれ」

「へい」

孝助は上がり、奥の内庭に面した部屋に連れて行かれた。

長火鉢の前で、文蔵が煙管《きせる》をくわえていた。

「親分。孝助が辻強盗の件でやって来ました」

松吉が言うと、文蔵は煙管の雁首《がんくび》を煙草盆《たばこぼん》の灰吹《はいふき》に叩《たた》いてから、

「孝助か。まあ、座れ」

と、顎《あご》で松吉の横を示した。

「へえ」

孝助は腰を下ろす。神棚には観音様の御札やお伊勢さんの御札が飾られ、縁起棚のよこには大きな熊手。反対側の柱の上に、一陽来復の御札が貼《は》ってある。

家も大きいが、調度品も高価そうで、かなり贅沢《ぜいたく》な暮らしぶりが窺《うかが》えた。一介の岡っ引きでもこのような暮らしが出来るのか。

孝助は不快な思いを押し殺して、

「親分。じつは辻強盗かどうか証はありませんが、ちょっと気をつけていたほうがい

いと思える男がおりました」

「誰だ？」

「へえ。佐野から商売でやって来ている塚次という男です。歳《とし》の頃は三十。肩幅の広い、がっしりした体つきで、色が浅黒く、太い眉《まゆ》の横に大きな黒子《ほくろ》があります」

「町人じゃねえか」

「へえ。この男、『樽屋』に二度来ました。じつは、越野十郎太が言うには、腰の据わり、手には竹刀だこがあり、塚次は剣術をやると言いました」

「町人のくせに剣術か」

文蔵が目が細めた。

「これも十郎太が言ったことですが、塚次から血の匂いがしたそうです」

「ばかな。血の匂いがそんなに体に染みつくものか」

松吉が口をはさんだ。

「生の血の匂いでなく、ひとを斬った人間が持つ独特のやましさや興奮のようなものが仕種から窺えるそうです」

「そうなのか」

松吉が驚いたように言う。

「へえ。そればかりじゃありません。塚次は吉原に行っています」

「なに、吉原だと」

「そうです。あっしがこの目で見ました。面番所の前で、親分と会ったあとです」

文蔵はまた煙管に刻みを詰め、長火鉢の炭で火をつけてから、

「辻強盗は侍じゃなかったのか」

と、眦《まなじり》をつり上げた。

「でも、自分への疑いをそらすために、十郎太がいい加減なことを言っているんじゃありませんかえ」

松吉が異を唱えた。

「いや、そうとは思えねえ。二度目の辻斬りが出てから吉原に目を向けた。だが、怪しい浪人者には出会わなかった。町人だったら、まったく見当違いをしていたことになる」

文蔵が渋い顔で言う。

「でも、浪人者を見たっていう男がいましたぜ」

最初から十郎太を辻強盗として疑っていたわけではないので、文蔵は事態を容易に悟ったが、そうではない松吉は不満そうだった。

「辻強盗は饅頭笠《まんじゆうがさ》をかぶって袴《はかま》を穿《は》いて浪人の格好をしていたのかもしれねえ」

文蔵は煙りを吐いてから、

「松吉。これから、塚次を見張るんだ」

「わかりやした。孝助。塚次の住いは？」

「花川戸にある荒物屋の二階に居候しています。荒物屋はばあさんのひとり暮らしなので、貸間の貼紙を出していたそうです」

「じゃあ、親分。あっしはこれから塚次を見張ります」

「頼んだぜ。場合によっちゃ応援を出してもいいが、へたに大勢で動いて気づかれたら元も子もねえからな」

「だいじょうぶでさ」

松吉は請け合った。

「孝助。その荒物屋に案内してくれ」

「へい。では、さっそく」

ここまでするのはなんとしてでも文蔵の手下になりたいからだ。そのためにも、辻強盗を捕まえるのに手を貸さねばならない。

　それから四半刻（三十分）後、孝助は松吉といっしょに花川戸にやって来ていた。『大島屋』という荒物屋を斜め前にある八百屋の角から見る。窓が開いていた。部屋にいるようだ。

「松吉兄い。親分はどうだろうか。俺を手下にしてくれるかな。十郎太を見張るように言われたが、十郎太は辻強盗ではないんです。そしたら、あっしは役目を果たしたことにはならなくなる」

　孝助は松吉の反応を窺った。

「辻強盗を捕まえたら、きっと手下にしてくれるはずだ。俺も口添えする」

　松吉は頼もしそうに応じた。

「ありがてえ」

「それにしても、おめえはなんだってそんなに手下になりてえんだ？」

　急に、松吉の目に不審の色が浮かんだ。

「ずっと板場にいるのが性に合わないんですよ。それより、捕物で動き回りたいんですよ。兄いみたいにね」

　まだ、何かききたそうだったので、孝助は逆にきいた。

「兄いはどういうわけで手下に？」

「おめえと同じかもな。毎日棒手振《ぼてふ》りで歩き回ってもたいした銭にならない。そんな暮らしがいやになっていたんだ。そんとき、文蔵親分と出会ってな。五年前だ」

松吉は思いだしたように言う。

「すぐに手下になれたのかえ」

「まだ、手下がひとりしかいなかったんでな」

「亮吉《りようきち》さんか」

「そうだ。亮吉さんだけだった」

亮吉は夜鷹《よたか》そばの亭主で、毎夜屋台を担いで町をまわっている。

「おや、人影だ」

二階を見上げていた孝助は身を隠して言う。

顔を出した男が外を見回してから障子を閉めた。

「塚次ですぜ」

「外出するようだ」

松吉も言う。

しばらくして、荒物屋から塚次が出て来た。顔の正面が見えた。

「なるほど、太い眉の横に大きな黒子があるな」

松吉が頷《うなず》いて言う。

こっちに近付いて来たので、ふたりは路地の奥に隠れた。塚次が横切るのを確かめてから通りに出た。

ふたりであとをつける。途中、塚次は馬道のほうに足を向けた。

「吉原か。これから行けば、ちょうど昼見世がはじまる頃だ。よし、あとは任せろ。どこの見世に入るか突き止める」

そう言い、松吉は塚次を追った。

松吉と別れ、孝助は聖天町に戻った。

『樽屋』に戻りかけて、ふと思いついて文蔵親分が信じてくれたことを十郎太に話しておこうと思った。

十郎太が住む長屋に向かいかけたとき、木戸を出てきた十郎太が今戸のほうに向かうのを見た。

どこに行くのか。孝助はあとをつけた。

十郎太は今戸橋を渡った。そして、『鶴の家』の前にやって来た。立ち止まったとたん、急に振り返った。

孝助はとっさに民家の角に身を隠していた。しばらく、十郎太はこっちを見ていたが、やがてまた足の向きを変え、すたすたと歩きだした。

十郎太は後ろにも目があるのか。あとをつけるのは無理だ。孝助は諦《あきら》めて、『樽屋』に帰った。

二

その日の夕方、千代治は紙屑《かみくず》買いの姿で、田原町一丁目にある『片倉屋』の前に差しかかった。店の横に駕籠《かご》が待っていた。そのとき、千代治はあわてて手拭《てぬぐ》いを頭に乗せた顔をうつむけた。

店から、主人の徳兵衛が出て来たのだ。行きすぎてから、立ち止まって振り返る。

徳兵衛は駕籠に乗りこんだ。手代たちに見送られて、駕籠が出立した。すると、どこに隠れていたのか、屈強そうな浪人がふたり現われ、駕籠のそばに付き添うようにして足早になった。

用心棒だ。まだ、徳兵衛は警戒を解いていない。

駕籠は稲荷町のほうに向かった。千代治が駕籠のあとをついて行こうとしたら、

「任してくれ」

と、小間物屋の格好をした伝八が千代治を追い抜きざまに言い、そのまま駕籠のあとをつけて行った。駕籠は大川のほうに向かった。

千代治は用心棒のことを考えた。想像以上に腕が立ちそうだ。伝八とて、あのふたりは手強い相手だ。ひとりならともかく、ふたりでは迂闊《うかつ》に手出しは出来まい。へたに仕掛けたらし損じてしまいかねない。

千代治はしばし放心した。あのふたりがいる限り、徳兵衛を討つことは叶《かな》わないかもしれない。

伝八はひとりでは無理かもしれない。ふたりを分断出来ればいいが、そううまくいくとは思えない。

もうひとりいたら……。ふと、ある考えが生まれた。

そのことを真剣に考えながら、千代治は阿部川町の長屋に帰ってきた。

おくにの家の戸口に、大家とおたけが立って何か訴えていた。

「住職が、すぐに御祓《おはら》いを受けろと言っている」

「けっ、笑わせるねえ。何が祟《たた》りだ」

安蔵の声だ。

「安蔵さん。あの鯉《こい》はどうしたのさ」

おたけがきいた。

「うまかったぜ」

安蔵は含み笑いを浮かべた。

「なんてことを。新堀川の主を食べたなんて……。お願いだから御祓いを受けておくれ。この長屋の者たちにも祟りがあったらどうするのさ」

おたけが悲鳴のような声で訴える。

「そうだ。安蔵。おまえひとりの問題ではない。皆が祟られたら……」

「大家さんよ」

安蔵が口を挟んだ。

「ほんきで祟りを信じているのかえ」

「祟りはある」

「相手をしていられねえな。すまねえな、こっちは忙しいんだ。帰ってくんな」

安蔵は突き放すように言い、戸を閉めようとした。

「待て。安蔵」

「大家さん。心配はありがてえが、つまんねえことで騒がないでくださいな」

安蔵は戸を閉めた。

ふたりはため息をついて踵《きびす》を反した。

「大家さん」

千代治は声をかけた。

「おう、千代治か」

「ほんとうに祟りはあるんでしょうか」

「あるかもしれない」

「安蔵さんに祟りがあるのは仕方ないんじゃないですかえ」

千代治はそのほうがいいのではないかと暗に言う。

「安蔵だけならいい。自業自得だ。だが、おくにさんに類が及びはしないか心配だ」

「だったら、おくにさんだけ御祓いを受けたらいいんじゃないですかえ」

「それもそうだな」

大家は表情を輝かせ、

「よし、安蔵がいないとき、おくにさんをお寺に連れていこう。気味が悪かったら、おたけもいっしょにやってもらおう」

「でも」

おたけが疑問を口にした。

「肝心の張本人抜きで御祓いして、効目があるんでしょうか」

「そうだな」

大家は自信なさそうに、

「ちょっと住職にきいてみよう」

ふたりと別れ、千代治は家に入った。

仏壇の前に座り、簑助の位牌に手を合わせる。

「簑助。まだ、仇《かたき》を討てねえ。もう少し待ってくれ。おはんのことも確かめたいんだ。ほんとうに、片倉屋がおはんの世話をしているのか……」

薄い壁を通して、安蔵とおくにの話し声が聞こえた。

「おまえさん、あんまりだよ」

おくにが泣いている。

「明日、おめえの値踏みにやってくる」

「そんな」

「安っぽいところじゃねえ。金持ちの客相手だ」

「おまえさん、私が他の男に抱かれてもなんともないのかえ」

おくにがうらめしそうに言う。

「仕方ねえ」

「よくも」

「女房が亭主のために尽くすのは当たり前だ。つべこべ言うな。もう決めたことだ」

壁に耳をあてていた千代治は思わず拳《こぶし》を握りしめた。おくにを女郎屋に売ろうとしているのだ。

「明後日にはおめえもここを出て行くんだ。最後だ。おめえも呑め」

「いりません」

「ちっ。じゃあ、酌ぐらいしたらどうだ」

「いやです」

「ふん。まあいい。たまには会いに行ってやる。他の男に毎晩抱かれたおめえを抱くのは妙な心持ちだろうな」

安蔵がくっくと笑った。

「なんって奴なんだ」

千代治は腸《はらわた》が煮えくり返った。おくにのためにも、安蔵を始末してやりたい。そう思うが、やはり徳兵衛のことがその思いを邪魔する。

しかし、このままではおくには女郎屋に売られてしまう。伝八に頼んで安蔵を殺ってもらおうか。

千代治は夕餉《ゆうげ》に冷や飯を食べ、五つ（午後八時）近くなって長屋を出た。

田原町一丁目の『片倉屋』の前を素通りする。大戸が閉まり、森閑としていた。人通りも絶え、冷たい風が足元に吹きつける。

小塚原の土の下にいる簑助はこの冷たい風を浴びることは出来ないのだ。音もなく、声も出せず、明かりもない暗い静寂の中でじっと息を凝らしているんだ。だが、そこから、簑助は俺を見ている。こっちが見える。千代治はそう信じていた。

文蔵が見張りをつけているとは思えないが、千代治は何度か路地を曲がり、用心深く駒形堂に辿《たど》り着いた。

駒形堂の前の大川は闇《やみ》に沈み、微かに打ち寄せる波音が聞こえた。その波音に耳を傾けていると、三味線の音が聞こえてきた。

やがて向島のほうから提灯《ちょうちん》の明かりが見えてきた。川の真ん中辺りを、屋根船がゆっくり両国橋のほうに移動して行く。

目の端に黒い影が入った。千代治は顔を向ける。伝八がやってきた。

「徳兵衛は柳橋《やなぎはし》の船宿に入って行った」

「船宿？」

「同業の『上州屋《じようしゆうや》』の主人といっしょだ。たぶん」

そう言い、大川に目をやる。

「あの屋根船に徳兵衛が上州屋といっしょにいるはずだ」

「いい気なもんだ」

千代治は吐き捨てる。

「用心棒は船宿で待っている。今、船であの屋根船に近付いていけば、徳兵衛を殺れるかもしれない」

「無理だ」

「ああ、こっちが逃げきれない。あとは、船宿に船が着いたときが狙い目だが、船頭らの目がある。用心棒も出迎えるだろうから、うまくいくかどうか自信がない」

「そのことだが、こっちももうひとり仲間を入れたらどうだろう」

「仲間？　そんな人間はいない。俺の仲間はみな火盗改めに捕まってしまったんだ」

「辻強盗だ」

「辻強盗？」

「そうだ。辻強盗の正体を知っているんだろう。町方に黙っていることをえさに、仲間に引き入れられないか」

「辻強盗に用心棒を相手にしてもらう。その間に、徳兵衛を討つ」

千代治は昂《たかぶ》りを抑えて言う。

「…………」

伝八は当惑した顔をしている。

「辻強盗の住いを突き止めているんじゃないのか。確か花川戸の」

「『大島屋』という荒物屋の二階を間借りしていた」

伝八は答えてから、

「しかし、素直に言うことをきくかどうかわからねえ。正体を見破られたことで、逆上して何かするかもしれねえ。信頼するに値する人間か調べる必要がある」

「ああ、そのとおりだ」

千代治は頷き、

「よし。俺が近づき、どんな人間か確かめてみる。その荒物屋に案内してくれないか」

「わかった。じゃあ、俺が先に行くから、あとからついてきてくれ」

伝八はそう言い、先に駒形堂を出た。間を置いて、千代治は伝八のあとをつけた。

吾妻橋《あずまばし》の袂《たもと》を過ぎ、花川戸に入る。小商いの並ぶ通りは戸が閉まり、屋根で猫が鳴いていた。

伝八が立ち止まり、瀬戸物屋の看板が出ている家の軒下の暗がりに身を隠した。

千代治はその暗がりに向かった。

「あれだ」

伝八は斜交《はすか》いにある小さな店に目をやった。軒下の看板に『大島屋』とあった。

「あの二階に間借りをしている」

部屋は暗かった。まだ帰っていないのか、それとももう寝てしまったのか。今は、五つ半（午後九時）ぐらいだ。

「よし。明日、近付いてみよう」

引き上げかけたとき、反対方向から人影が現われた。ふたりは身をひそめた。やがて、商人ふうの羽織姿の男が『大島屋』の脇の路地を入った。

「奴だ」

「なに、今の男が辻強盗か」

千代治は目を見張った。商人体の男だ。体はがっしりしているが、刀を振りまわすようには見えなかった。

「そうだ。浪人の格好をして辻強盗を働く」

「やっ、あれは？」

千代治ははっとした。三十前と思える着流しの男が現われ、『大島屋』の二階に目をやった。

しばらくして、二階の部屋に明かりが灯《とも》ったのが障子越しにわかった。それを見て、着流しの男は着物の裾《すそ》を摘んで引き上げた。

「文蔵の手下だ」

千代治は顔を覚えていた。

「岡っ引きの手の者か」

伝八は唖然《あぜん》と言う。

「そうだ。奴は目をつけられているんだ」

「捕まえられるほどの証があるわけではないようだ。だが、これでは脅しが効かなくなった」

「いや、そうでもない」

千代治は含み笑いをし、

「見張られていることを教え、奴を助けてやるんだ。その恩誼《おんぎ》で、手伝わせる」

と、意気込んだ。

「だが、迂闊には近づけない」

「あの男を仲間にしなければ徳兵衛をやることは難しい」

簑助のために必ずあの男を味方につけてやると、千代治は決意を新たにした。


伝八と別れ、千代治は長屋に急いだ。

そろそろ四つ（午後十時）になる頃だ。いや、もう過ぎたかもしれない。阿部川町の町木戸は閉まるところだった。

ぎりぎり、駆け抜け、千代治は長屋に帰った。長屋の木戸はまだ開いていた。ほっとして、木戸をくぐると、長屋のかみさん連中が外に出ていた。

おたけを見つけて声をかけた。

「なんかあったんですか」

千代治は胸を痛めながらきいた。安蔵がまた暴れ出したのかと思ったのだ。

「ええ、安蔵さんが酒を呑んで暴れたんです」

やはり、そうだった。

「で、安蔵さんは？」

「出て行きました」

「そうですか。大家さんや男のひとは？」

「もう家に入りました。私たちも」

そう言って、それぞれ自分の家に戻って行った。

千代治も自分の家に入った。台所の天窓から外の月明かりが入ってきて、土間は仄《ほの》かに明るいが、部屋のほうは暗い。

千代治は部屋に上がってからふとおくにのことが気になった。微かな音が聞こえ、壁に耳を当てた。

やがて、それがおくにの泣き声だとわかった。それは長い間続いていたが、ようやく泣き声は聞こえなくなった。

ふとんに横たわっても、まだおくにの泣き声が耳にこびりついていた。聞き耳を立てても泣き声は聞こえないが、おくにの悲しみや絶望が胸を締めつけた。

安蔵はおくにを遊女屋に売り飛ばしたのだ。明日、女衒《ぜげん》がやってくる。おくにを売り渡した金はすべて安蔵が手にする。

きっと安蔵には他に女がいるはずだ。その女とのために使われるのに違いない。そんなことが頭の中を駆けめぐり、なかなか寝つけない。

おくにや安蔵のことを考えるのをやめようと努力すると、今度は辻強盗のことに思いが向かった。

あの男をつけていたのは確か松吉という名だ。文蔵はあの男に目をつけた。あとをつけているということは、疑ってはいるものの証がないからだ。

いけない。もう、眠らないと。だが、体は疲れているのに頭の芯《しん》は冴《さ》えきっている。

隣で物音がした。はっとして飛び起きた。壁に耳を押しつけ、おくにの様子を窺う。

絶望から首をくくるのでないかと心配しているのだ。

やがて、静かになった。微かに咳払《せきばら》いがした。

ようやく安心して、千代治は目を閉じた。だんだん瞼《まぶた》が重くなった。

いつの間にか寝入ったようだ。何か夢を見ていた。地の底に吸い込まれて行く夢だ。穴の上から大勢の男女が叫んでいる。

地の果てに落ちた瞬間、千代治は目を覚ました。汗をかいていた。いやな夢だ。そう思ったとき、外が騒々しいことに気づいた。

天窓から射し込む明かりが白くなっていた。夜明けのようだ。

おくにの家の腰高障子が開く音が聞こえた。まさか……。衝撃が胸を襲った。おくにに何かあったのではないか。

千代治は跳ね起きて、外に飛びだした。

長屋の連中が路地に出てきていた。

「何かあったんですか」

誰にともなくきく。

「今、知らせが。安蔵さんが新堀川で……」

「新堀川で？」

長屋の男連中が木戸を出て行ったので、千代治もあとを追った。

新堀川に出ると、川の真ん中でうつ伏せに浮かんでいる男がいた。安蔵かどうかわからない。千代治は大家を見つけて声をかけた。

「大家さん。あれは安蔵さんですかえ」

「そうだ。安蔵だ」

「でも、顔が見えねえ」

「いや、よく知っているものにはすぐわかる。安蔵だ」

「いってえ、何が？」

「わからねえ。シジミ売りの小僧が死体を見つけて自身番に訴えたんだ。安蔵に似ているってんで、わしに知らせてきた」

文蔵親分が駆けつけてきた。

川に浮かんでいる男を見て、

「おい、早く引き上げろ」

と、文蔵は大声で叱咤《しった》した。

「へい。おい」

若い男の合図で町内の若い男や鳶《とび》の者が川に飛び込んだ。

「親分さん」

大家が文蔵に声をかけた。

「私の長屋の店子《たなこ》の安蔵かと思われます」

「安蔵はなんで川にはまったんだ？」

文蔵がきく。

「ゆうべ、大酒を食らって長屋を出て行きました」

「いつもそんなに呑むのか」

「へえ。酒は強いほうでした。でも、きのうはことに酔っぱらっており、奇声を発して長屋を出て行きました」

ようやく安蔵の体が岸に上がった。

「酔っぱらって川にはまったってわけか」

文蔵が亡骸《なきがら》を改めている。

「祟りだ」

いきなり、誰かが騒いだ。

「祟りだと？」

文蔵が聞きとがめた。

「親分さん」

大家が口を開いた。

「じつは、先日、安蔵は仲間の常という男といっしょにここで大きな鯉を引き上げたんです。そこの住職の話では、新堀川の主の鯉だということでした。祟りがあるからやめろという忠告もきかず鯉をつかまえ、それを食べてしまったそうです」

「ばかな。祟りだなんて」

文蔵が一笑に付した。

「ご住職が御祓いを受けさせるように言うので、私が何度も安蔵に言ったのですが、聞く耳を持ちませんでした」

千代治はゆうべのことを思いだした。木戸の閉まるころに長屋に帰ったら、路地に長屋の女房連中がたむろしていた。

酔っぱらった安蔵が出て行った直後のようだ。そこに男連中はいなかった。いつも顔を出す大家もいなかった。

家に引き上げたあとだと言っていたが……。

いや、でも、これでおくには身売りをせずに済む。亭主を亡くした悲しみは大きかろうが、もう夫婦の体をなしていなかった。おくにのためにもよかったのだ。

長屋に戻ると、おくにの家からおたけが出てきた。

「おくにさん、どうしているね」

千代治はきいた。

「寝込んでます。かなり、動揺しているので。でも、心配はいりません」

「そう、無理もない。でも、不謹慎だが、これでよかったんだ」

千代治がしみじみ言うと、そうね、とおたけが応じた。

千代治は自分の部屋に帰り、仏壇に向かった。

「簑助、もう少し待ってくれよ。おめえの恨みを晴らしてそっちに行くからな」

安蔵の死を目の当たりにしたせいか、千代治はいつになく簑助の位牌に長く手を合わせていた。

三

今朝も、孝助は待乳山聖天に参ったあとに、今戸にある今は『鶴の家』となった料理屋が見える場所にやって来た。

松の樹は大きくなり枝も太くなっているが、枝振りは昔とちっとも変わっていない。

十年前、いったいここで何があったのか。

なぜ、『なみ川』は廃業に追い込まれ、父は獄死をしなければならなかったのか。

十年前、孝助は京の料亭に住み込んで板前の修業をしていた。三条大橋《さんじょうおおはし》の近くにある格式のある料亭だった。

十年の修業の半分ほど過ぎたときに来た、江戸からの手紙は衝撃的だった。

『なみ川』で食中《しょくあた》りがあり、ふたりが死んだ。そのため、主人である父は奉行所の役人に捕まり、流罪。そして付加刑として闕所《けっしょ》が加わり、料亭はすべて没収されたという。

急ぎ京から帰った孝助を待っていたのは父の獄中死と母の死であった。妹のお新《しん》は親戚《しんせき》に引き取られていた。

なぜか、死んだ人間の素性はわからなかった。

「また、ここか」

いきなりの声に振り返ると、十郎太が立っていた。きょうは釣り竿は持っていない。

「あなたこそ、なぜ、ここに？」

「こういうところで酒を呑み、料理を食べるのが俺の夢でな。いつかそうなりたいという思いで、ときたま見に来る」

十郎太は平然と言う。

「あなたは嘘がへただ」

孝助は言いきった。

「どうして嘘だと言うのだ？」

「あなたは、ここが『なみ川』という料理屋だったと知っていました。お父上からお聞きになったのですよね」

「そうだ」

「だったら、あなたが惹《ひ》かれるのは『なみ川』であって『鶴の家』ではないはず」

喜助は十郎太を警戒していた。それは、『なみ川』の件に何らかの形で絡んでいる人間だと見たからだ。

さらに、文蔵が目をつけたのも、そのことに関《かか》わりがあるのかもしれない。

「こじつけだ。『なみ川』だろうが、『鶴の家』だろうが、同じだ」

十郎太は逃げるように言い、

「そなたはどうしてここに来るのだ？　『なみ川』に関わりがあるのか」

と、厳しい顔つきになってきいた。

「あっしは『なみ川』の人間でした」

一拍間を置いて、

「そうか。跡取りか」

と、十郎太は目を細めた。

「あなたはどんな関わりが？」

「『樽屋』の喜助っていう亭主も『なみ川』に関わりがあるんだな」

孝助の問いかけを無視してきく。

「それを知っていて『樽屋』に現われたのですね」

孝助はきく。

「なぜ、この地にやって来た？」

またも、孝助の質問を無視だ。

「再興です。『なみ川』を再興するため……」

孝助はあとの言葉を呑んだ。

「再興するためには、なぜ、潰《つぶ》されたのか。そのわけを探りたい。そういうわけか」

「なぜ、そのことを?」

孝助は気を引き締めてきいた。

「そなたは、何を知っているんだ? いや、喜助はどこまで知っているんだ?」

「喜助さんは何も知らない」

「なぜだ?」

「喜助さんは『なみ川』が潰れる一年前に独り立ちして、深川門前仲町《ふかがわもんぜんなかちょう》に店を持った。だから、事情は知らない」

「そうか、知らなかったのか」

十郎太は落胆したように顔をしかめ、

「喜助も、『なみ川』を再興するためにあそこに店を?」

「そうです。あなたは『なみ川』とどういう関わりが?」

孝助は一歩踏み出してきく。

しかし、またも答えようとせず、

「『なみ川』再興の大望がありながら、なぜ文蔵の手下になろうとしているんだ?」

『鶴の家』から女将《おかみ》らしい女が女中といっしょに出て来た。

「行こう。怪しまれる」

今戸橋のほうに向かった。

「その前にあなたのことを話してください。あっしと同い年なんだから、あなたも『なみ川』がなくなったとき、まだ十六歳です。『なみ川』のことはお父上から聞いたということは、あなたは直接『なみ川』を知らなかったはず。なのに、十年経《た》った今になって、なぜ『なみ川』のことを?」

今戸橋を渡り、待乳山聖天の前に差しかかったとき、

「向こうから文蔵の手下がやって来る。またにしよう」

と、十郎太が突然言い、ふいに下駄屋の手前の路地に身を隠した。

きょろきょろしながら、松吉が歩いている。孝助は何ごともなかったかのように近付く。松吉は気づいて、駆け寄ってきた。

「おう、孝助。今、『樽屋』に行ったら、聖天さまに行ったって言うんでな」

「へえ、毎朝、商売繁昌を願って祈願しているもんで。兄い、あっしに何か」

「塚次の馴染みを探し出したぜ」

「よく見つけましたね。どこですか」

「京町一丁目の『丸山楼《まるやまろう》』の茜《あかね》という遊女だ。だいぶ入れ揚げているようだ」

「じゃあ、決まりですね」

「ああ。だが、まだだ。今度、辻強盗を働こうとするときだ。十両も残り少なくなっているはず。近々、またやるだろう。狙いはそのときだ。親分が孝助を手伝わせてもいいと言ったぜ」

「ほんとうか。兄い、いろいろすまねえ」

孝助は心より礼を言った。

「なあに、おめえには浅草奥山では世話になったからな」

掏摸《すり》の一件だ。

「じゃあ、そんとき、頼みます」

「ああ。俺はこれから『大島屋』に行って塚次を見張る」

そう言って、松吉は花川戸に向かって走って行った。

『樽屋』に走って戻ってきて、

「とっつあん」

と、孝助は喜助に声をかけた。

「また、『鶴の家』の前で、十郎太に声をかけられた」

「あの野郎、やはり、何かあるな」

「とっつあんが『なみ川』に関わりある人間だと知っていて、十郎太はここにやって来たようだ」

「いってえ、どんな魂胆があるのか」

「違う。十郎太は敵じゃねえ」

「敵ではない？」

喜助はけげんそうな顔をした。

「そうだ。何かわからない。何かの目当てがあってこの地にやって来たのは間違いない。それが『なみ川』に関わりあることだというのもそのとおりだ。だが、敵じゃない」

「………」

「あのとき、『なみ川』に何かあった。十郎太も何らかの理由で、それを調べているんじゃないだろうか」

「俺は『なみ川』が没収される一年前にやめていった。だから、なぜ、食中りが起きたのか、わからない。板前の千吉も腕は一流だ。何を食べて食中りを起こしたのかも、当時の奉公人にきいても誰も知らなかった。何か特別なものを出したこともないはずだ。ことに不思議なのは、死んだ客は『なみ川』にはじめて上がった客だ。やくざ者らしいふたりの男で、博打《ばくち》で大勝ちして『なみ川』にやって来た。そのふたりが食中りで死んだのだ。だが、ふたりの名も誰も知らないのだ」

喜助は無念そうに言う。

「ああ、俺だってそうだ。京から帰って、いろいろききまわった。だが、誰も何があったのかほんとうのところはわからなかった。ほんとうに食中りがあったのかと疑う奉公人もいた」

孝助は深く呼吸をしてから、

「十郎太は、もしかしたら、死んだ客と何らかの関わりがある者ではないだろうか」

と、思いついて口にした。

「十郎太は浪人だ。親の代からの浪人だとしたら、やくざ者とのつきあいは十分に考えられる」

喜助は言ってから、

「俺が『なみ川』にいた頃、武士もよく来ていたのだ。大名家の留守居役が寄合で使ったりしていた」

喜助は思いだして言う。

「十郎太はそっちのほうの繋《つな》がりとも考えられるのか」

「わからねえが、そうかもしれねえ」

「しかし、それなら食中りとは関係ない」

「そうだ」

喜助は首を傾《かし》げた。

「一番の馴染みの留守居役はいたかえ」

「そうさな」

喜助は首を傾げて、

「伊予《いよ》の諸角《もろずみ》家の留守居役がよく気に入ってくださっていた」

「伊予の諸角家……」

伊予諸角家は十万石、藩主諸角土佐守宗久《とさのかみむねひさ》さまだと、喜助は言う。留守居役は柴田《しばた》金右衛門《きんえもん》で、当時三十歳ぐらいで温厚なお方だったと喜助は続けた。

「十郎太は諸角家の家臣だったのだろうか」

孝助は疑問を口にする。

「しかし、諸角家で何かあったとは聞かないが……」

喜助は首を横に振り、

「なにしろ、十年前のことだからな。もっと早く、動きだせていたら何か摑《つか》めたかもしれなかったが」

と、口惜《くや》しそうに言う。

喜助が『なみ川』のことを思いだしたのは五年前だ。かみさんが病気で亡くなったあと、喜助は生きる気力を失《な》くした。そんなときに、『なみ川』の常連客だった男とばったり再会し、『なみ川』のことを語りだした。それがきっかけで、『なみ川』に何があったのかを知りたいと思うようになり、深川の店を畳んでここに店を出したのだ。

だが、孝助が戻ってきて、喜助はさらに『なみ川』の再興を考えるようになった。

しかし、その前に、なぜ『なみ川』が潰れなければならなかったのか。そのことを知らなければ、先には進めなかった。

その鍵《かぎ》を握るのが今は岡っ引きになっている文蔵だった。

孝助が文蔵のことを知ったのは館林《たてばやし》の呑み屋で働いていたときだった。孝助は江戸に戻ったものの、父と母も失い、妹も親戚に引き取られ、自棄《やけ》になって江戸を逃れ、上州に行った。

それから十年間、上州、野州などを転々とした。そして、館林の呑み屋で板前をしているときに、客で来ていた博徒の男が妙なことを口にしたのだ。

生国を話しているうちに、江戸は浅草だと、男が言いだした。孝助も浅草だと答えると、男は懐かしそうに、浅草奥山や吉原の話をしたあとで、

「俺は岡っ引きの文蔵に江戸を追われたんだ」

と、言いだした。

「何かやらかしたんですかえ」

孝助はきいた。

「そうじゃねえ。俺はあいつの悪事をたんと知っているから目障りだったんだ。あいつはもともと浅草の地回りだったんだ。かなり、ひどいことをしていた。ほんとうなら小伝馬町《こでんま》の牢《ろう》屋敷にぶち込まれてもおかしくない人間だ。それを、『なみ川』という料理屋の没落に手を貸したおかげで岡っ引きになりやがった」

孝助は心の臓が破裂しそうになりながら、

「『なみ川』の没落に手を貸したってどういうことなんだえ」

と、きいた。

「よくわからないが、『なみ川』の没落に文蔵も暗躍したらしい」

「暗躍って言うと?」

「『なみ川』で食中りがあって、死人が出たって大騒ぎになった。三人死んだそうじゃねえか」

「三人? いや、俺が噂に聞いているのはふたりだ」

孝助は男が大袈裟に言っているのかと思った。

「そうだったかな。俺は三人って聞いた。ただ、文蔵が裏で何かをしたのは間違いない。それがなによりの証拠には、同心から手札をもらいやがった。呆れるじゃねえか」

「いってえ文蔵は何をしたんだ? 手掛かりでもないか」

孝助は食い下がるようにきいた。

「いや、わからねえ」

男は不思議そうな表情で、

「おまえさん、ずいぶん熱心だが、何か関わりあるのか」

「いや、そうじゃねえ。ただ、『なみ川』には知り合いがいたんで」

「そうか。まあ、『なみ川』で何があったか、文蔵にきくのが一番だ。もっとも、文蔵が正直に喋《しゃべ》るはずはねえがな」

男は頬《ほお》を引きつらせて笑った。

『なみ川』の没落に文蔵も暗躍したらしいという男の言葉が、孝助は気になってならなかった。二度と帰るまいと心に決めた江戸に足を向けたのは、ほんとうのことが知りたかったからだ。

浅草に舞い戻った孝助はいまは『鶴の家』となった『なみ川』の前で佇《たたず》んでいるときに喜助に声をかけられたのだ。

「とっつあん、『なみ川』の食中りで死んだのはほんとうにふたりだったんだろうか」

孝助は男のことを思いだしてきいた。

「いちおうふたりってことになっている。館林の男が、三人と言ったのは単なる勘違いだろう」

「そうだろうな」

だが、孝助は気になる。ひょっとして、三人目の死者に『なみ川』没落の理由があるのではないか。

それを探るためにも文蔵に近付かなければならない。近付いただけではだめだ。文蔵の信頼を得なければ正直に打ち明けてもらえないだろう。

そのためにも、なんとしてでも文蔵の手下にならなければならないのだ。

そう思ったとき、文蔵が十郎太を気にかけていたことを思いだした。文蔵が警戒しているのはやはり『なみ川』のことで何か疚《やま》しいところがあるからだ。

さっきは松吉が現われて中断してしまったが、十郎太と腹を割って話し合うべきだ。そう思うと、すぐにでも十郎太に会いたくなった。もう、長屋に戻っているだろう。

「とっつあん。十郎太にもう一度会ってくる」

そう言い、孝助はまた外に飛びだした。

十郎太は同じ町内の太郎兵衛店《たろべえだな》という長屋に住んでいると聞いている。すぐ近くだ。

太郎兵衛店の木戸をくぐり、長屋路地に入る。井戸端で喋っている長屋のかみさんたちに声をかけ、十郎太の住いをきいた。

礼を言って、そこに行きかけたとき、小肥りの女が引き止めた。

「今、まずいと思うわ」

「えっ？　何か」

孝助は不思議に思ってきく。

「行ってみればわかるわさ」

もうひとりのさらに肥った女がにやついて言う。

孝助は不審を抱きながら十郎太の住いに足を向けた。腰高障子の前で振り返ると、かみさんたちがさっと顔をそむけた。

苦笑しながら、孝助は腰高障子を叩《たた》き、

「十郎太さん」

と声をかけて、戸を開けた。

土間に赤い鼻緒の下駄があり、部屋に目を向けると、白っぽい小紋に紅色の襦袢《じゅばん》を覗かせた二十二歳ぐらいの小粋な女が十郎太と差し向かいになっていた。

「孝助。なにぽかんとしているのだ。入れ」

十郎太が笑いながら声をかける。

「いや、またあとで」

孝助はあわてて外に出た。

木戸を出るまで、かみさん連中のくすくす笑いが続いていた。

四

安蔵の弔いが済んで、長屋に戻ってきた。

おくには少し窶《やつ》れたようだ。あんなにひどい仕打ちをされてきたのに、いざ死なれてみると、悲しみに襲われるのか。

「おくにさん。まだ、若いんだ。これから、十分にやり直せますぜ」

千代治はおくにを励ました。

「ありがとうございます」

おくにには消え入りそうな声で言う。

おくにの家には大家をはじめ、長屋の者が集まっていた。みな、おくにのことを気にかけていたひとたちだ。これからのおくにの暮らし向きのことを相談するために集まったのだ。

「千代治さん。おまえさんはもう結構だ」

大家が千代治に言う。

「へえ、そうですかえ。では」

千代治は隣の自分の家に戻った。半年前にこの長屋に住みついた千代治はまだよそ者でしかないのか、その相談の仲間には加われなかった。

もっとも今の千代治はそれどころではなかった。だが、おくにの苦労には千代治自身も身を切られるようだった。

夕方になって、千代治は住いを出た。

木戸を出たところで、

「千代治」

と、声をかけられた。声で文蔵だとわかった。

振り向くと、文蔵と源太という手下が近付いてきた。

「これは親分さん」

千代治は腰を折る。

「安蔵の弔いは終わったようだな」

「へえ」

「おくにの様子はどうだ？」

「へえ。だいぶ窶れました」

「窶れた？　そうか、窶れたか」

文蔵が冷笑を浮かべたので、千代治はおやっと思った。

「おめえは、おくにの隣に住んでいる。薄い壁ひとつだから話し声は聞こえただろうな」

「へえ、聞くとはなしに聞こえてきます」

「安蔵はおくにを岡場所に売ろうとしていた。知っているか」

「へえ、聞こえました」

「死んだ翌日、女衒がおくにを見に来ることになっていたそうだ。女衒がこぼしていたぜ。せっかくいいたまが手に入りそうだったのに、安蔵に死なれてだめになったとな」

文蔵は何が言いたいのか。

「安蔵さんはおかみさんを岡場所に売ろうとしたり、川の主の鯉を食べたりして罰が当たったんでしょうね」

安蔵は人間の屑だ。酔っぱらって誤って川にはまってしまったのだろうが、新堀川の主の鯉を食べた祟りに違いないような気がした。

安蔵が死んだあと、いっしょに鯉をつかまえ食した常という男はあわてて御祓いを受けたという。

「おめえは、祟りを信じるのか」

「へえ、そうとしか思えません」

手下の源太は千代治のまわりをぐるぐるまわっている。薄気味悪い野郎だと思った。

「安蔵の頭のてっぺんに凹みがあった」

いきなり、文蔵が妙なことを言いだした。

「変だと思わねえか」

「何がでしょうか」

「頭のてっぺんだぜ」

それまで黙っていた源太が顔を突き出すようにして言う。

「さあ」

千代治は首を横に振った。

「ちっ。頭の巡りの悪い野郎だ」

源太が悪態をつき、

「いいか。川にはまった安蔵は、どうやって落ちたら頭のてっぺんがへこむんだ？

不思議とは思えねえか」

「いえ、思いませんが」

「なに、思わねえだと」

「そうです。川にはまった安蔵さんは浮かんだまま波に流され橋杭に頭のてっぺんがぶつかったんじゃないですかえ」

「そんなはずはねえ」

源太は泡を食ったように言う。

「源太。おめえは黙っていな」

文蔵が苦笑しながら、

「千代治。確かにおめえの言うようなことも考えられる。だがな、窪《くぼ》みは真の頭のっぺんではないのだ。少し、後頭部にかかっている。つまり、座っている安蔵の頭を何か固い物、そう煙草盆とか算盤《そろばん》とかで殴ったような……」

「そんなばかな」

千代治はあわてて口をはさんだ。

「どうだ、何か思い当たることはないか」

「いいえ、ありません。あっしは鯉を食った祟りだと思ってましたから」

「そうかえ。まあ、いい。今、おくにはどうしている?」

「大家さんをはじめ、長屋の衆が集まって今後の身の振り方について相談しています」

「そうかえ。皆集まっているのか。ちょうどいい」

文蔵は源太とともに長屋に入って行った。千代治はあとに従おうとしたが、思い止《とど》まった。

気になったが、塚次のほうに思いが向かった。

千代治は振り切って花川戸に急いだ。

辺りが暗くなった。なんとか、塚次に近付きたいが、文蔵の手下の松吉が今も見張っている。

暮六つ（午後六時）の鐘が鳴りだして、塚次が荒物屋から出て来た。見張りがいることに、塚次はまったく気づいていないようだ。

塚次のあとを松吉がつけて行く。そのあとを、千代治は追う。山之宿町から山之宿六軒町に入り、さらに先を進む。

待乳山聖天前から聖天町に入った。やがて、松吉の足が止まった。その先に一膳飯屋が見える。どうやら、塚次は『樽屋』という一膳飯屋の暖簾《のれん》をくぐったようだ。

松吉は『樽屋』に入らず、少し離れた戸口を見渡せる場所に立った。

千代治は迷った。松吉には顔を知られている。あとで、疑われるかもしれないが、この機会を逃しては塚次に近付けない。少し間を置き、千代治は『樽屋』に向かった。

松吉の視線を感じながら、戸障子を開けた。

「いらっしゃい」

小女が元気な声で迎えた。

店内はかなり客がいた。さっと見渡し、塚次を探す。小上がりの奥のほうに座っているのがわかった。

塚次の隣が空いていた。千代治は場所を選ぶ振りをしながら近付き、塚次の隣に座った。

「酒をくんな。冷やだ。それから、肴は適当に見繕ってくれ」

「へえーい」

声を伸ばして、小女が返事をする。

塚次は酒を呑みはじめていた。また、客がやって来て、店はほぼいっぱいだ。小女が酒を運んできた。

「すまないね」

千代治は銚子を受け取った。手酌で呑み出す。隣で、塚次は気持ちよさそうに呑んでいる。

喧騒《けんそう》の中で、塚次はひとりでいる心地好さを楽しんでいるようだ。周囲を見回し、誰もこっちを気にしていないのを確かめてから、

「兄さん」

と、千代治は声をかけた。

聞こえなかったのか、自分ではないと思ったのか、塚次は呑み続けている。

「塚次さん」

塚次の猪口《ちょこ》を持つ手が止まった。鋭い顔をこっちに向けた。

「気をつけな。文蔵の手下の松吉って男がずっとおまえさんを見張っている。今も外で待っている」

「あんたは……」

息を呑んで、塚次がきく。

「俺は千代治だ。ご覧のような年寄りだが、あんたの味方だ。そして、あんたに頼みがあったが、松吉の目があって近付けなかった」

「…………」

「俺を信用しろ。松吉は住いの荒物屋を突き止めてずっと見張っている。しばらく何もしないほうがいい」

「どうして、おまえさんは私のことを?」

塚次は小声できく。

「明日の朝、松吉を撒《ま》いて駒形堂に来てくれ。詳しい話はそこで。必ずだ。悪いようにはしねえ」

「わかった」

塚次は頷いた。

千代治は小女をつかまえ、

「大根飯をくれないか。評判を聞いてやってきたんだ」

と、注文をする。

あとで、松吉が調べた場合に備えてのことだ。

はあいと大きな声で返事をし、小女は板場に向かった。

ふと後ろを見ると、若い浪人がひとりで酒を呑んでいた。はっとしたが、こっちを気にかけている気配はなかった。

大根飯が届いた。しじみ汁がかかった大根飯はしじみの香りと大根の甘みで舌触りが絶妙で夢中で食べた。

勘定を払うとき、亭主に、

「とてもうまかった」

と、千代治は満足して伝えた。

「へい、ありがとうございます。また、お越しを」

亭主に見送られて、千代治は店を出た。

歩きはじめてほどなく、声をかけられた。

「おい、千代治」

予期していたが、千代治はわざと驚いた振りをして、

「あっ、これは親分さん」

と、松吉を機嫌をとるようにわざと親分と言った。

「いま、そこから出てきたな」

「へい」

「そこにはよく行くのか」

「いえ、今夜はじめてです。大根飯がうまいという評判を聞いて、一度来てみたいと思っていたところでして。ほんとうに、うまかった」

千代治は口許《くちもと》を綻《ほころ》ばせた。

「誰かに会いに行ったわけじゃないんだろうな」

そうきく間にも、松吉の視線は何度も『樽屋』の店先に向かう。

「とんでもない。あっしはただ、大根飯を食べたかっただけです」

「そうか」

「そうそう、夕方長屋を出るとき、木戸口で文蔵親分と会いました。安蔵のことを調

べているようでしたが、安蔵の死に何か疑いでも？」

「いくら酔っていたとはいえ、安蔵が川にはまることは信じられねえっていうのが、仲間の話だ。それに、頭に出来た陥没。誰かが殴ったのではないかと……」

「安蔵さんは新堀川の主の鯉を食べた祟りで死んだんじゃないんですかえ」

千代治は脅えたようにきく。

「けっ、祟りなんてあるもんか」

松吉が嘲笑《ちょうしょう》したとき、『樽屋』の戸が開いて、誰かが出てきた。

松吉はそっちに目をやる。塚次ではなかった。

「では、親分さん。あっしは」

千代治は松吉から離れた。

長屋に戻ると、もうおくにの家も静かだった。大家をはじめとする長屋の衆も引き上げたようだ。

千代治は迷ってから、おくにの住いの腰高障子を叩いて、

「おくにさん。ちょっとよろしいでしょうか」

と声をかけて、戸を開けた。

「どうぞ」

おくには部屋の真ん中で座っていた。行灯《あんどん》の仄《ほの》かな明かりに、窶れたおくにの顔が浮かび上がっている。

「もう、みなさん、お帰りで」

「はい。少し前に。どうぞ」

「いえ、すぐ失礼いたします」

千代治は土間に立ったまま、

「さっき、岡っ引きの文蔵がやって来たと思いますが、いったい、何を言っていたのでしょうか」

と、きいた。

「ええ……」

おくには俯《うつむ》いた。

「おくにさん。文蔵親分が何を言おうが、安蔵さんは新堀川の主の鯉を食べた悪行の祟りで亡くなったんです。おまえさんが気に病むことはありませんぜ」

「………」

「何かありましたら、お力になります。どうか、遠慮なさらず、なんでも相談くださいな。隣同士になったのも何かの縁でございます」

「千代治さん。ありがとう」

おくには微笑《ほほえ》んだ。

こうして間近で見ると、簑助の母親にそっくりだ。おくにさん、これからだ。おまえさんが仕合わせになるのはこれからだぜ。千代治は心の内で訴えていた。

五

今夜も大根飯はきれいに捌《さば》けた。他の客が皆引き上げたあとも、十郎太だけが、酔いつぶれたように壁に寄り掛かって目を閉じている。

いつものようにおたまが十郎太を起こしているが、なかなか起きない。

戸が開いて松吉が入って来た。

「松吉兄い。何か」

孝助は板場から出て行き声をかけた。

「さっき塚次がやって来たな」

松吉は十郎太にちらっと目をやってからきいた。

「へえ。来ました」

「そのあとに、千代治って年寄りがやって来たはずだが」

「千代治ですかえ。名前は知りませんが、五十歳ぐらいの男がやって来ました」

「おう、それよ。塚次と知り合いのようだったか」

「いえ。塚次の隣に座ってましたが、知り合いのようには思いませんでしたが」

「隣に座ったのか」

松吉は眉根《まゆね》を寄せた。

「松吉兄い。何かあったんですかえ」

「塚次はこの店を出てからそのまま荒物屋に引き上げた。俺がつけているのに気づきやがったんじゃないかって思ってな。千代治は阿部川町に住んでいるんだ。なぜ、わざわざここまできやがったのか」

「千代治って年寄りが塚次に知らせたと言うんですかえ」

「考えすぎかとも思ったが、念のために確かめに来たんだ」

「そうですかえ。しかし、ふたりは顔見知りのようには思えませんでした」

「そうか。なら、いいが」

また、松吉は十郎太に目をやった。

「いつも最後は酔いつぶれてしまいます」

孝助は渋い顔をして見せた。

「そうか」

「千代治って年寄りは何者なんですかえ」

「『片倉屋』の手代が金を盗んだって騒ぎがあったろう。その手代の父親だ。倅の仇を討とうとしているんじゃねえかって片倉屋は用心している。まあ、塚次とのことは、俺の考え過ぎのようだ」

松吉は引き上げて行った。

改めて、おたまが十郎太を起こした。

「おやここは？」

目を覚まし、十郎太はきょとんとした。

「いやですよ。『樽屋』ですよ」

「そうか。まだ、そこにいたのか。ああ、よく寝た」

十郎太はあくびをしてから立ち上がった。

草履を履き、戸口に向かう。途中で振り返った。孝助と目があった。

十郎太は出て行く。

「とっつあん、あとを頼む」

「ああ、いいぜ」

喜助は応じる。

孝助は店の外に出て、待乳山聖天のほうに向かう。十郎太がよろけながらそのほうに歩いて行った。

孝助が遅れて境内に入り、辺りを見回す。大川が見渡せる辺りに人影がかなり見える。

今夜は月は暈《かさ》をかぶっていた。

拝殿の横に、十郎太の姿があった。孝助は近付いて行った。

「塚次の隣に座った年寄り、千代治っていうらしいが」

いきなり、十郎太が切り出した。

「ええ、はじめての客です」

「塚次に話しかけていた」

「塚次に？」

孝助は表情を引き締めた。

「顔見知りだと？」

「いや。塚次は知らない相手のようだった」

「どういうことですかえ」

「わからぬ。だが、年寄りのほうは塚次の正体を知っているようだった」

「辻強盗だということを？」

「そうだ。聞き耳を立てたが、用心深くて聞き取れなかった。それでも、俺は味方だという言葉はわかった」

「松吉兄いが心配したとおり、つけられていると教えたのかもしれませんね」

「そうかもしれぬ。近々塚次は荒物屋を出て行くだろう。まあ、松吉に知らせるかどうかは、そなたの問題だが、千代治って年寄りが何のためにそのようなことをしたのか、探る必要はあるだろう。それだけだ。じゃあな」

　十郎太は歩きだした。

「待ってくださいな」

　孝助は呼び止めた。

　十郎太は振り返り、

「あの女か。あれは、いつぞや、浅草奥山で知り合った女だ。おぎんという。色っぽいが、掏摸だ」

「掏摸が、どうして十郎太さんの住まいに？」

「わからぬ。勝手にやって来る」

「呼び止めたのは女のことではありません」

「だろうな」

十郎太は真顔になり、

「俺のことを知りたいなら、自分のことを正直に話すことだ」

「ええ」

孝助は頷き、

「あっしは、『なみ川』がなくなってから、自棄になり、江戸を離れて上州、野州などを転々としてきました。ところが、半年前、館林の呑み屋で板前をしているときに、江戸から流れてきた博徒の男から、岡っ引きの文蔵は『なみ川』という料理屋の没落に手を貸したおかげで岡っ引きになったと聞いたんです」

孝助は間をおいて続けた。

「『なみ川』が食中りでふたりの人間を死なせたことで、おとっつあんと板前が捕まり、『なみ川』もとられた。そう聞いていたんですが、博徒の男は実際に死んだのは三人だと聞いたと言う」

暗がりでも十郎太の顔色が厳しいものになっていることがわかった。

「いったい何があったのか、それを知っているのは文蔵だ。でも、文蔵に問い質《ただ》しても正直に言うはずはない。だから、文蔵の懐に飛び込むことにしたんです。文蔵の手下になり、手柄を立てて信用を得る。そうすれば、いつか真相を口にするかもしれない。一年かかるか二年か。でも、今のあっしにはそれしか手がないんです」

「そうか」

十郎太は悲痛な顔で、

「三人目の死者は諸角家江戸家老の渡良瀬惣右衛門《わたらせそうえもん》どのだ」

と、口にした。

「江戸家老の渡良瀬惣右衛門……」

「食中りで死んだという不面目を慮《おもんぱか》って内密にしたとされてきた。だから、渡良瀬さまが『なみ川』に何のために、そして誰と行ったのかはわからずじまいだった。それからひと月後、我が父は何者かに闇討《やみう》ちに遭い、落命した」

「お父上はどこで闇討ちに？」

「父は殿のお供で江戸に赴いていた。上屋敷に近い三味線堀《しやみせんぼり》だった。我が家は兄が継いでいる。だが、去年の秋、ちょうど一年前、国表で父と親しいお方がお亡くなりになったが、臨終の前に私を枕元《まくらもと》に呼び、そなたの父上は『なみ川』の件で口封じをされたと語った。それは口許に耳を近付け、ようやく聞き取れたことで、その後は昏睡《こんすい》状態になったため、詳しい話はきけなかった」

十郎太は無念そうに目を細めた。

「俺は真相を突き止めようと、わざと兄と仲違いをして、浪々の身になって江戸に出て来た。文蔵が俺に目をつけたのは上屋敷の誰かから聞いたからに違いない」

「『なみ川』で起こったことは江戸家老の渡良瀬惣右衛門さまの死と関わりがあるということですね」

「そうだ。だが、何から調べていいか、俺は当てもないままこの地にやって来た。『樽屋』の亭主が昔『なみ川』で板前をやっていたと聞いて、通うようになったのも、何か手掛かりが摑めるかと思ったからだ。そなたと出会ったのも何かの導きかもしれぬ」

「あっしと十郎太さんは同じ目的に向かって行く同士というわけですね。心強いですぜ」

「ああ。俺も勇気を得た」

十郎太は引き締まった口許に闘志を見せた。

「ただ、手掛かりは文蔵だけなんです」

「俺のほうも文蔵が鍵だ。文蔵が上屋敷の誰とつながっているか。それがわかれば何か見えてくる。そなたが言うように、文蔵の懐に飛び込むしかない」

「必ず、文蔵の手下になり、文蔵の信頼を得るようになります。まず、そのためには辻強盗を捕まえることです」

「俺も手を貸す。塚次の尻尾《しっぽ》を摑んでみせる」

孝助と十郎太は手を結んで十年前の真相に立ち向かっていくことを誓い合った。そして、『なみ川』を再興させる。それが、孝助の夢であった。

第三章　尾行者

一

翌朝、朝もやの中、千代治は駒形堂の境内に入った。ゆうべ、松吉に声をかけられたが、あのあと『樽屋』に行き、いろいろきき出したはずだ。塚次の隣に座ったが、言葉を交わしたことは誰にも気づかれてはいないはずだ。だからこっちはあとをつけられる恐れはないが、塚次のほうが問題だ。

朝早くから見張っているとは思えないが、仮にそうであっても、朝もやが塚次の姿を隠してくれるはずだ。

ただ、こっちも松吉の姿を確かめられないので、逆につけられているか否かが確かめられない。

境内に入り、しばらくして徐々にもやが晴れてきた。千代治は本堂の脇で待った。

見通しがよくなった境内の常夜灯の横に塚次が立っていた。肩幅の広い、がっしりした体つきだ。

塚次もこっちを認め、近付いて来た。厳しい顔つきだ。色が浅黒く、太い眉《まゆ》の横に大きな黒子《ほくろ》があった。

「つけられてはいまいな」

千代治は確かめる。

「わざと遠回りしてきた。だいじょうぶだ。説明してもらいてえ」

塚次は急《せ》かした。

「いいだろう。その前に、まず俺の話を聞いてくれ」

千代治は塚次が頷《うなず》くのを待って、

「俺の倅《せがれ》は簑助といい、『片倉屋』で手代をしていた。一年前、簑助はお店《たな》の金二百両を盗み、女中のおはんといっしょに逃亡した」

すぐに捕まり、簑助ひとりが悪者にされて死罪になった。『片倉屋』の主人徳兵衛に助命の嘆願を頼んだが聞き入れてもらえなかったということを話した。

「もし、徳兵衛がお仕置き赦免を願ってくれれば、簑助は江戸払いで済んだかもしれねえ。だが、徳兵衛は俺の頼みを聞いてくれなかった。番頭があることないこと、簑助のことを悪く言ったためだ」

だから、徳兵衛と番頭への復讐《ふくしゅう》を誓った。そして、そのために、小塚原の回向院で知り合った盗賊の仲間だった伝八に復讐の手助けを依頼した。そう話してから、「番頭を殺《や》るつもりで、伝八があとをつけていたら、実行に移す前に辻《つじ》強盗が現われた。それで、伝八はあんたのあとをつけたというわけだ」

「ちっ。見られていたってわけか」

「そうだ。だが、俺たちはこのことを誰にも話しちゃいねえ。文蔵の手下に見張られたのは、別の線からばれたのだ」

「………」

「すぐ捕まえないのは、証《あかし》がないからだ。だから、次に辻強盗を働くのを待ち構えて、捕まえるつもりなのだ」

「そうかもしれねえな」

塚次は不快そうに口許《くちもと》を歪《ゆが》めて、

「あんたは、なぜ俺を助けようとしたんだ?」

「おまえさんの手を借りてえ」

「俺の手を?」

「そうだ。片倉屋徳兵衛は屈強そうな浪人ふたりを用心棒に雇っている。だから、伝八も迂闊《うかつ》に手が出せない。そこで、おまえさんにふたりの用心棒を相手にしてもらいてえ。なにも、相手を殺ることはいらねえ。伝八が徳兵衛を殺るまで用心棒を引き離しておいてもらいたいのだ」

「一銭にもならねえな」

「徳兵衛の財布には金がたんまり入っているはずだ。それを奪えばいい。浪人ふたりを徳兵衛から引き離すだけでいいんだ。それで、たんまり金を手にいれられるんだ。うまい話とは思えねえか」

「そうだな」

塚次は無気味な笑みを浮かべ、

「よし、いいだろう」

と、答えた。

「だが、俺がつけられているとなると……。ちくしょう」

塚次が深刻そうな顔をした。

「どうした？」

「いや、俺の行く先々もわかっちまっているってことだな」

「もちろんだ。どこに行っていたのかしらねえが、もう足を向けるな。危険だ」

塚次は堪《こら》えられないように顔を歪めた。

「女か」

千代治は察して言う。

「ああ。吉原の女のところに通っていた。いい女だ。もう、会いに行けねえのか」

塚次は呻《うめ》いた。

「当然、女のところにも手がまわっていると考えたほうがいい。行くのは、わざわざ捕まえてくれと言うようなものだ」

「ああ」

「それから、あの荒物屋から出ろ。稲荷町に貸間がある。今夜にでも移れ。話は通してある」

「わかった」

「『有田屋《ありたや》』という瀬戸物屋だ。年寄りの夫婦ふたり暮らしだ。今夜、伝八とふたりそこを訪ねる」

千代治は紙屑《かみくず》買いで歩き回っているので、貸間の貼紙《はりがみ》を何カ所かで見ていた。

「さあ、怪しまれぬうちに先に行け」

千代治は塚次に言う。

「そうしよう」

塚次は先に駒形堂を出た。塚次のあとをつけている者がいないことを確かめてから、千代治は自分自身の背後に気をつけながら長屋に戻った。

長屋木戸の前で、大家に会った。

「早いな」

「へえ。ちょっと野暮用で。あっ、大家さん」

木戸の脇にある家に引っ込みかけた大家を呼び止めた。

「じつは、きのう、文蔵親分から安蔵さんのことで根掘り葉掘りきかれました。いったい、文蔵親分は何を疑っているんでしょうか」

途中から大家の顔色が変わったのに気づいた。

「千代治。安蔵は祟《たた》りに遭ったんだ。文蔵親分がどう考えようと川の主の鯉《こい》を食ったことがいけねえんだ」

そう言いながら、大家は家に入って行った。

大家の態度を妙に思った。やけに、祟りを強調していた。

千代治はそのまま路地に入り、おくにの住まいの前を過ぎて自分の家に入った。壁に耳を当てて聞き耳を立てたが、留守のように静かだった。

だが、ときおり、微《かす》かな物音がした。

千代治は改めて安蔵の死に思いを馳《は》せた。もし、安蔵が生きていたら、おくには今ごろ岡場所に売られていたに違いない。

いや、その前に、千代治が伝八に頼んで安蔵を殺していたはずだ。そう思ったとき、はっとした。千代治と同じことを考えた者がいたとしてもおかしくはない。

その前に安蔵は川の主の鯉を捕まえ、食していた。そのことを知って祟りに見せかけて殺したとも考えられなくはない。

文蔵が言うには、安蔵の頭頂部から少し下がった辺りに殴られた痕跡《こんせき》があった。何者かが殴ったと、文蔵は見ている。

あの夜のことを思いだしてみた。千代治が長屋に帰ってきたとき、かみさん連中が路地に出ていた。

あのときの様子もどこか妙だった。

よせ、それ以上、考えるな。そんな声が耳元で聞こえたような気がした。千代治は仏壇の前に座った。

簑助の位牌《いはい》に手を合わせながら、思いを安蔵から片倉屋徳兵衛に向けた。

徳兵衛が千代治の復讐を警戒しているのは、おはんに聞いたからだ。おはんは今、徳兵衛の庇護《ひご》のもとにあると思われる。

簑助といっしょに『片倉屋』を逃げ出したはずなのに、なぜ、おはんは徳兵衛の世話を受けるようになったのか。

戸が少し開いて土間に何かが投げ込まれた。投文だ。千代治は立ち上がり、土間に下りて文を拾った。

仙台堀海辺橋にて、とあった。すぐ紙を丸めて、千代治は外に出た。すでに、伝八の姿はなかった。

長屋木戸を出てから、辺りを見回す。誰もいないのを確かめて、千代治は新堀川に向かう。

伝八が千代治を深川に呼び出すのははじめてだ。きっと、おはんの居所を摑《つか》んだのだと思いながら、新堀川沿いを蔵前に向かった。

青空が広がっている。蔵前から浅草御門を抜け、両国橋を渡り、一刻（二時間）後に、千代治は仙台堀にかかる海辺橋にやって来た。

途中、わざと横道に入り、背後を気にしたが、つけてくる者はいなかった。

海辺橋の北詰めで待っていると、風呂敷《ふろしき》の荷を背負い、尻端折《しりはしょ》りして行商人の姿になった伝八が霊巌寺《れいがんじ》のほうからやって来た。

黙って千代治の脇を素通りし、そのまま海辺橋を渡った。千代治はさりげなくついていく。

橋を渡り、左に折れ、川沿いを行く。そして、冬木町に入った。奥に進み、町外れの瀟洒《しょうしゃ》な小体《こてい》の家の前を素通りした。二階家だ。

行きすぎると堀にぶつかった。そこで、伝八が待っていた。

「徳兵衛のあとをつけてあの家を見つけた」

「おはんがいるのか」

「若い女がいる」

「そうか。よし、おはんかどうか確かめよう」

千代治は意気込んだ。

「住み込みの婆さんがいるが、その他に……」

伝八が言いさした。

「その他に誰かいるのか」

「うむ」

「誰だ？　男か」

「赤子だ」

「赤子？」

「そうだ。赤子の泣き声がする。近所できいたら、男の子だそうだ。」

「…………」

一瞬、放心したようになったが、千代治ははっとして、

「おはんの子だろうか」

と、つぶやいた。

半年ほど前、千代治は三ノ輪の実家におはんを訪ねた。おはんは体を壊して寝ていた。僅《わず》かばかり、枕元で話しただけだった。あのときはすでに産み月が迫っていたのだ。

おはんの子だとしたら父親は誰だ。簑助だろうか。だが、簑助が父親なら、おはんは裏切るような真似《まね》をしなかったはずだ。

ともかく、女がおはんかどうかを確かめる必要がある。

千代治は小体な家に戻った。板塀に囲まれていて、中を見ることは出来ない。出てくるのを待つしかなかった。

だが、なかなか出て来ない。近所の目があるので、あまり長居は出来なかった。いったん、どこかに離れようとしたとき、格子戸が開き、門が開いた。

出てきたのはお手伝いらしい老婆だった。老婆は買い物なのか出て行った。千代治と伝八もそこを離れた。

堀に出る。堀の向う側が並んでいる寺の裏手だ。

「徳兵衛は用心深い。どこへ行くのも用心棒を連れて行く」

伝八は侮蔑《ぶべつ》したように言う。

「必要以上の警戒だ」

千代治も不思議な気がした。なぜ、それほど用心をしているのか。必ず、復讐にくると決め付けている。

確かにそのとおりなのだが……。

「辻強盗の塚次はどうなのだ?」

伝八がきいた。

「手を貸してくれることになった」

千代治は昨夜からの動きを語った。

「今夜には稲荷町の『有田屋』に住みつくはずだ。今夜、三人で話し合いたい」

「いいだろう」

伝八は答える。

晴れていた空が急に暗くなった。頭上に雨雲が張り出している。

「降り出しそうだな」

千代治は空を見上げた。

「裏に物干し台があって、洗濯物が干してあった」

伝八が思いだしたように言った。

「洗濯物を取り込むな」

千代治と伝八は小体な家に向かった。そして、裏通りに出る。案の定、物干し台で若い女が洗濯物を取り込んでいた。

千代治は物陰から物干し台を見上げる。たすきがけの女は手早い動きで取り込み、胸に抱えた洗濯物を持って家に入った。

女の横顔がはっきり見えた。おはんだ。想像していたとはいえ、おはんが徳兵衛の世話を受けていることに衝撃を受けた。

「どうだえ」

伝八がきいた。

「おはんだ」

千代治は憤然と言う。

「そうか。やはり、おはんか。じゃあ、子どもはおはんの子だ」

伝八の言葉が胸に突き刺さる。おはんの子なら、父親は誰なんだ。

今すぐにおはんの前に飛びだして問い詰めたい衝動に駆られた。おはんが正直に答えるかどうかはわからない。それでも、父親が誰かを知りたかった。

「だめだ」

千代治の心を読んだように、伝八が引き止めた。

「ここに徳兵衛がやってきたときが好機だ。だから、俺たちがここを知ったことは伏せておかねばならない」

「わかっている。わかっているが……」

やりきれないように、千代治は言う。

果して、簑助はおはんが身籠《みご》もっていたことを知っていたのだろうか。知っていて、おはんのためにあんな真似をしたのか。

簑助はおはんを助けようとした。だが、せっかく助けたのに簑助を裏切った。なぜ、裏切ったのか。

簑助は最後まで何かを隠していた。誰かに迷惑がかかることを恐れていたのだろう。だが、自分の命と引き替えに出来るものだったのか。

気がつくと、物干し台からおはんはいなくなっていた。ぽつんと冷たいものが頬《ほお》に当たった。

やがて、急に雨が降り出した。にわか雨だ。すぐ止む。簑助に思いを馳せながら、千代治は雨に打たれていた。

二

激しく降った雨は四半刻《しはんとき》（三十分）ほどで小止《こや》みになり、そのうちに止んで、再び青空が広がった。

少し風が冷たく感じられたがかえって心地好《ここちよ》かった。

孝助は阿部川町にやって来た。

どこの長屋かはわからないので片っ端から訊《たず》ねるつもりでいたら、ある長屋木戸に、岡っ引きの文蔵と源太が入って行くのを見た。

千代治に会いに行くのだと思った。きのう松吉には、千代治と塚次は言葉を交わさなかったと話したが、文蔵はそのことを信じなかったのか。

孝助は長屋木戸を見通せる場所に身を隠し、文蔵が出て来るのを待った。

だいぶ時間がかかって、文蔵と源太が出てきた。ふたりをやり過ごしてから、孝助は長屋に入って行った。

路地には数人の男女がいた。孝助に警戒の目を向けた。

「あっしは千代治さんにお会いしに来たものでございます。こちらに千代治さんはいらっしゃいますか」

「千代治さんなら、いま出かけているよ」

女が一歩前に出て答えた。

「さいですか」

「仕事ですかえ」

「さあ、そうでもなかったわねえ」

千代治がいなかったのなら、文蔵はすぐに引き返してきたはずだ。文蔵は千代治に会いに行ったのではなかったようだ。

「千代治さんのお住まいはどちらで？」

「そこだよ」

女はすぐ近くの腰高障子を指さし、

「おまえさん、千代治さんに何の用なんだい？」

「へえ。あっしは聖天町で一膳飯屋《いちぜんめしや》をやっています。じつは、ゆうべ千代治さんがやって来られたのですが、引き上げたあとに煙草入《たばこい》れが落ちていました。千代治さんが忘れたのだと思い、お届けに」

「そう、じゃあ、預って渡しておこうかえ」

「へえ、ありがとうございます。ですが、ほんとうに千代治さんが忘れたのか、まだはっきりしないんです。ですから、千代治さんに確かめてもらわねえと」

煙草入れのことは口実だった。

「そう。じゃあ、仕方ないね」

「へえ、では、また出直します」

孝助は木戸のほうに向かいかけた。

「じゃあ、大家さん」

背後で挨拶《あいさつ》する声がして、長屋の者たちはそれぞれ自分の住まいに引き上げた。

「おたけも気に病むことはない」

大家らしい男が答える。

皆深刻そうな顔をしていた。文蔵がやって来たのと無関係ではあるまい。

大家に訊ねてみようと思ったが、警戒されているようなので、無理だと諦《あきら》めた。

木戸を出て、向かいの八百屋の店先に小肥りの主人がいたので、近付いて声をかけた。

「そこの長屋で何かあったんですかえ」

「ああ、鯉の祟りか」

小さい目をした亭主は顔をしかめると目が見えなくなった。

「祟り？」

孝助は耳を疑った。

「どういうことですかえ」

「あの長屋に住む安蔵って男が新堀川の主の鯉を捕まえて食べてしまったそうだ。そしたら、新堀川に浮かんでいたんだ」

亭主は声をひそめて言う。

「浮かんでいた？　安蔵さんがですか」

「そうよ。鯉を捕まえたとき、そこの住職が放してやれと言ったのも聞かず、食べてしまった。住職が御祓《おはら》いを受けるように忠告しても無視した。そのあとで、川にはまったってわけだ」

亭主は身震いした。

「祟りなんてあるんですかねえ」

「現に、死んでいるんだ。鯉をつかまえた場所に浮かんでいたんだぜ」

祟りについてなおも喋《しゃべ》り続けそうなので、孝助は強引に礼を言って離れた。

文蔵があの長屋を訪れたのがその件だとすると、安蔵の死に何か疑いがあるのかもしれない。

まだ、千代治は帰っていないだろう。あと少し時間を潰してからもう一度長屋に行ってみようと、孝助は当てもなく歩きだした。

途中、田原町一丁目を通過する。大店《おおだな》の並ぶ通りを進み、気がつくと駒形町のほうに向かっていた。

そして、蕎麦屋《そばや》の『川嶋《かわしま》』の前にやって来た。江戸は蕎麦屋が多く、ことに浅草寺門前に多くあった。

『川嶋』はもり、かけに、天ぷら、しっぽく、かしわ南蛮、鴨南蛮などの品揃《しなぞろ》えであるが、特に、玉子焼き、かまぼこ、しいたけ、クワイなどの具を乗せたしっぽくが有名だった。それに酒も極上のものを用意しており、いつも客でいっぱいだった。

今も昼時なこともあって、かなり繁昌している。しばらく佇《たたず》んでいたが、深呼吸をしてから孝助は踵《きびす》を返した。

そのとき、ふと目の前に二十歳過ぎと思える女が立って、じっと孝助を見ていた。

孝助も驚いて見返す。まさかと思ったが、孝助は顔を俯《うつむ》けて女の脇を行きすぎようとした。

「新太郎《しんたろう》さん、新太郎さんじゃありませんか」

女が呼び止めた。

孝助は立ち止まった。

「孝助さん?」

「いえ、あっしは孝助って言います」

女は孝助の前にまわってきた。

「新太郎さんじゃないんですか。さわです。『川嶋』のさわです」

「失礼でございますが、どうやら、おひと違いをなさっておられるようでございます」

「そう。ごめんなさい。一目見た感じが新太郎さんというお方に似ていたので……。でも、やっぱり違うわ。私が知っているのは十六歳の新太郎さんだもの」

「失礼します」

「あっ、孝助さん」

「へい」

「どちらにお住まいですか」

「お嬢様、いけません」

供の女中がたしなめた。

「いいじゃないの。昔の知り合いに似たお方なんだもの」

さわは屈託なく言う。

「失礼します」

もう一度、頭を下げ、孝助は逃げるように去って行く。

新太郎と呼ばれたときの衝撃がまだ残っていた。今は孝助と名乗っているが、ほんとうの名は新太郎だ。

十年前はふっくらとした顔だちだった。その後の荒《すさ》んだ十年近い暮らしが細面の鋭い顔つきに変わり、昔の面影はなかったはずなのだ。

岡っ引きの文蔵は孝助を見ても、『なみ川』の新太郎だとはまったく気づかなかった。しかし、さわは見抜いた。

京から帰った僅か数ヵ月間、孝助は『川嶋』で世話になった。『川嶋』の主人が孝助の父と親しかったからだが、さわとはその数ヵ月間いっしょに暮らした。まだ、さわは十一、二歳だった。

自分の素性は喜助と十郎太以外には隠してある。十年前、何らかの力が働いて『なみ川』はお取り潰《つぶ》しになったのだ。そのことを息子の新太郎が調べているとわかったら、どんな災いが襲ってくるかもわからない。関《かか》わったひとたちにも類が及ぶかもしれない。そのことは避けなければならなかった。

再び、阿部川町に戻った。

長屋木戸を入って行くと、さっきの女が路地にいた。確か、おたけという名だ。

「さきほどは失礼いたしました」

孝助は声をかけた。

「あら、さっきの……。千代治さんなら帰っているわ」

おたけが答える。

「そうですかえ。よかった。えっと、こちらでしたね」

「そうよ」

孝助は千代治の住まいに向かった。

「ごめんくださいまし」

孝助は腰高障子を開け、土間に入った。

「失礼いたします」

ゆうべの男が壁に向かっていた。手作りの仏壇のようで、位牌が見えた。息子の位牌だろうか。

「私は聖天町にある一膳飯屋『樽屋』の者で、孝助と申します」

「『樽屋』……？」

千代治が立ち上がり、上り框《がまち》まで出てきた。

「『樽屋』さんがなぜ、あっしのところに？」

厳しい顔つきになってきく。

「じつはこれをお忘れになったんじゃないかと思いまして」

と、孝助は喜助が使わなくなった煙草入れを懐から出した。

「いや、それはあっしのじゃねえ」

千代治はあっさり言う。

「そうでしたか。これは失礼いたしました。じゃあ、お隣に座っていたお客さんかもしれませんねえ」

孝助は千代治の顔色を窺《うかが》う。

「さてと、困りました。あのお客さんの住まいがわかりません」

「…………」

千代治は何も言わない。迂闊な受け答えは出来ないと警戒しているのかもしれない。

「ともかく、あのお客さんを探してみます」

孝助は煙草入れを懐に仕舞った。

「はじめて行ったのに、どうしてあっしの住まいがわかったんですね」

千代治が鋭い形相になった。

「へえ、じつは、岡っ引きの文蔵親分の手下が店にやって来ましてね。千代治さんのことをいろいろきいてきました。そのとき、住まいとお名前を教えていただきました」

「いったい、何をきいていたんだね」

「いえ、たいしたことじゃねえんです。お店で、お隣にいらっしゃった三十ぐらいの商人ふうのお客さんと口をきいたかってことです。ですから、ひとりで黙って酒を呑《の》んで、大根飯を食べてお帰りになりましたって答えました」

「その手下は何と」

千代治の目が鈍く光った。

「そうかと、あっさり引き下がりました。ただ、それだけでございます」

「………」

何かを探るように、千代治は孝助の顔を見つめた。

「じゃあ、私はこれで」

「待ってくれ」

千代治が引き止めた。

「へい」

「三十ぐらいの商人ふうの客のことを、手下は何か言っていたかえ」

「いえ、何も。きいても、口を濁していました」

「そうか。いや、すまなかった。引き止めて」

塚次との関わりはわからないが、千代治が何かを隠していることは明らかだ。千代治が『樽屋』にやって来たのは塚次に何かを伝えたいためだ。松吉がつけていることだろう。だが、何のために知らせたのか。

「では」

踵を返しかけて、孝助はふと思いだしたように、

「さっき小耳にはさんだのですが、この長屋のおひとが川の主の鯉を捕まえて食べた

ために祟りに遭って死んだと。ほんとうのことなんですかえ」

「ほんとうだ」

「そんな祟りなんてあるんでしょうか」

「ある。あの男は罰が当たったんだ」

千代治は汚いものを吐き出すような手厳しい口調で言う。

「罰がですかえ」

「まあ、そうだ」

「さっき、文蔵親分がここに来ていました。文蔵親分はそのことでやって来たのではないのですか」

「文蔵親分が来たのか」

千代治は難しい顔をした。

「文蔵親分は祟りなんぞ信じていないんですね。だから、調べているんでしょうね」

「さあな」

千代治は言葉を濁し、腰を浮かした。

「よけいなお話をしました。また、お店のほうにお運びを」

孝助は言って土間を出かけたが、また気になって、

「失礼でございますが、あのお位牌はどなたの」

と、孝助はきいた。

千代治は位牌に振り返り、

「倅です」

と、沈んだ声で答えた。

「息子さんですかえ。じゃあ、まだ若かったでしょうに」

孝助は痛ましく言う。千代治の息子が片倉屋の手代だったという話を松吉から聞いていた。

「若かった。これからだと言うのに」

千代治は無念そうに顔を歪めた。

もう少し訊ねようとしたが、千代治は腰を浮かしていた。

仕方なく、孝助は千代治の住まいを辞去した。

『樽屋』に戻ると、喜助が大根飯を器に盛っていた。店の中は昼飯の客で混み合っていた。昼は大根飯だけ出した。大根の甘さにしじみ汁のだしが絡んで舌鼓を打たせるので、酒のあとだけでなくとも人気があった。

「とっつあん、代わろう」

孝助が手を洗って言う。

「いや、だいじょうぶだ」

喜助は答えてから、

「何かわかったか」

と、きいた。

「千代治に会ってきたが、塚次とのことは迂闊にきけなかった。何かを隠しているのは間違いない」

「そうか」

「やはり、千代治は倅を亡くしていた。腰高障子を開けたとき、千代治は倅の位牌に手を合わせていた」

「位牌に？」

喜助が小首を傾《かし》げた。

「どうしたんだ？」

「ひょっとしたら」

喜助が思いついたように口を開いた。

「千代治は倅の仇を討とうとしているんじゃねえか」

「仇だって？」

「そうだ。片倉屋がお仕置き赦免を願えば、千代治の倅は死罪にならず、江戸払いで済んだかもしれないのだ。そのことで、千代治は片倉屋を恨んでいたらしい」

「お仕置き赦免？」

孝助はそこまでは聞いていなかった。

「千代治は助命を願ったが、片倉屋は一蹴《いっしゅう》したそうだ」

「それで千代治は片倉屋に仕返しを？」

孝助は暗い気持ちになった。

「そうだ。そのために、塚次は千代治に雇われたのではないか。先日は『片倉屋』の番頭が殺された。あれは辻強盗に見せかけているが、千代治の復讐だったかもしれねえ」

喜助が緊張した声で言う。

「だとしたら、これから塚次は片倉屋を？」

「そうかもしれねえ」

しかし、妙だ。そうだとしたら、千代治と塚次は以前から手を組んでいたことになるが、十郎太の話ではふたりは初対面のようだったという。

そのことを口にしようとしたとき、戸口に文蔵と源太が現われた。

「とっつあん、行って来る」

孝助は板場を出た。

「これは親分さん」

孝助は文蔵に近付く。

「松吉は来なかったか」

「へえ。来ませんが」

「なら、いい」

文蔵が少しいらだったように言う。

「松吉兄いは、荒物屋を見張っているんじゃないですか」

客の耳を気にして、孝助は小声で言う。

「いないんだ」

源太が答える。

「いない？　じゃあ、奴は出かけたんですね」

塚次のあとをつけて行ったのだろうと思った。

「うむ。いったん、昼に俺のところに集まることになっていたんだが……。邪魔したな」

「へい」

文蔵を見送ってから、孝助は板場に戻った。

「松吉を探しているのか」

「そうらしい。塚次をつけて行ったんだろう」

そう言ったあとで、孝助ははっとした。

「そうだ」

と、喜助も鋭い顔をし、

「塚次は松吉がつけていることを千代治から聞いたかもしれねえ」

「まずいな」

孝助は拳《こぶし》を握りしめた。

「知らせたほうがいい」

喜助が言う。なにしろ、今は文蔵の覚えをめでたくしておかねばならない。

「わかった。行って来る」

孝助は外に飛びだした。

待乳山聖天のほうに歩いて行く文蔵と源太を追い、

「親分」

と、呼びかけた。

ふたりが立ち止まった。

「なんだ？」

「気になることがあるんです。ゆうべ、塚次は店に来ました。どうも、塚次は松吉兄いが見張っていることに気づいたんじゃないかって気がしたんです」

「松吉兄いはあとをつけるのは名人だ。ちょっとやそっとのことで、気づかれはしねえ」

源太が口をはさむ。

「いや、万が一ってこともある」

文蔵が口許を歪め、

「よし、これから荒物屋に踏み込む」

「へい」

「あっしも」

孝助が申し出たとき、山谷堀のほうから誰かが叫びながら近づいてきた。

「親分」

中年の尻端折りした男が駆けてくる。

「なにかあったんですかねえ」

源太が不思議そうに見る。けたたましい叫び声に、孝助は不安を覚えながら男の到着を待った。

「どうしたんだ？」

「西方寺《さいほうじ》の裏で松吉さんが死んでました」

「なに、松吉が……」

文蔵がかっと目を見開き、一目散に駆けだした。

孝助も源太もあとを追った。

西方寺は日本堤のそばにある。三浦屋《みうらや》の二代目高尾《たかお》が死んだあと、馴染《なじ》みだった道哲《どうてつ》という僧がこの寺に葬ったという。

知らせに来たのは寺男だった。墓地の裏手に行くと、銀杏《いちょう》の樹《き》に隠れるようにして松吉が倒れていた。

「松吉兄い」

源太がすがりついた。

孝助もそばに寄った。

「袈裟懸《けさが》けだ。塚次だ」

文蔵は憤然と言った。辻強盗に斬《き》られた者と同じ斬り口だ。

孝助は胸が締めつけられた。まさか、松吉がこのような目に遭うとは想像さえしていなかった。

塚次が尾行に気づいていると伝えておくべきだったと、孝助は悔やんだ。そうすれば、もっと用心深く、塚次に接したはずだ。

塚次は松吉をここまで誘き出したのだ。許せないと、孝助は怒りから体が震えた。

「松吉兄い、必ず仇を討つ」

孝助は松吉の亡骸に訴えた。

三

千代治は花川戸の荒物屋の前を通った。松吉の姿はなかった。塚次はもう出たようだ。そのあとを松吉はつけて行ったのだろう。

松吉をうまく撒《ま》いて、塚次は今夜に稲荷町の『有田屋』に入る手筈《てはず》になっている。

千代治が向かうのは聖天町の『樽屋』だ。さっき、孝助という男がやって来た。煙草入れの忘れ物だと言っていたが、それを口実に俺の様子を探りに来たのではないか。それより、ほんとうに『樽屋』の人間かどうか確かめなければならない。そう思って聖天町の『樽屋』に差しかかると日本堤のほうに駆けて行く者がおり、騒然とした様子が伝わってくる。

千代治はそのほうに向かった。すると、日本堤の手前にある西方寺に同心が入っていくのが見えた。

山門を出てきた職人体の男に、

「もし、何かあったんですかえ。なんだか騒々しいようですが」

と、千代治は声をかけた。

「岡っ引きの手下が殺されていたんだよ」

男は眉根を寄せて答えた。

「岡っ引きの手下？」

「松吉っていう手下だ。袈裟懸けに斬られていたそうだ」

男がそう言ってすれ違って行った。

千代治はとっさに塚次の仕業だと思った。こんなところにいるのを見られたら、勘繰られるかもしれないと、あわてて引き返した。

途中、浪人とすれ違った。細身の体に継ぎをあてたよれよれの単衣《ひとえ》の着流し。刀を落とし差しにしている。涼しげな目許に気品のようなものが窺えた。

どこかで見掛けたような気がした。気のせいか。いや、どこかで見掛けたことがある。千代治はすれ違ってから立ち止まって振り返った。

浪人はこっちを気にすることなく、すたすたと西方寺のほうに向かった。

浪人が遠ざかってから、改めて千代治は帰りを急いだ。

塚次はとんでもないことをしてくれた。手下を殺れば、岡っ引きの文蔵は躍起になって塚次を探すだろう。

ちくしょう。かえってやりにくくなった。塚次を捕まえるためならなりふり構わず、わずかでも疑わしいところがあれば、遠慮なく問い詰めてくるに違いない。

『樽屋』の孝助は、千代治が塚次の横に座ったのを見ていた。このことを知ったら、文蔵は千代治に疑いを向けるだろう。

こうなったら、ことを急がねばならない。千代治は焦りを覚えた。

その夜、稲荷町の瀬戸物屋『有田屋』にやって来た。年寄りの亭主にきくと、塚次はすでに二階に引っ越してきたと答えた。

千代治が二階に上がると、塚次は片肘《ひじ》をついて横になっていた。

「塚次さんよ、なんてことをしてくれたんだ？」

千代治は声を抑えて言う。

「なんでえ、いきなり」

塚次は起き上がって言う。

「なぜ、松吉を殺ったんだ？」

「あいつにぴったりと張り付けられていたんじゃ、何も出来ねえからな。ここにも来られなかったぜ」

「うまく撒くことは出来たはずだ」

「同じことよ。撒いたら、よけいにむきになって俺を探す。奴を殺るしかなかった。それに、奴は俺とあんたのことに疑いを向けていると思ったほうがいい」

「それにしても、殺る前に相談して欲しかったぜ」

千代治は不平を漏らした。

「あんたの狙《ねら》いは片倉屋だろう。それさえ果たせば、文句はないはずだ」

いきなり障子が開いた。

「なに、いがみ合っているんだ?」

伝八が入って来た。

「いや、なんでもねえ」

千代治はあわてて言う。

「塚次さんかえ。俺は伝八だ」

伝八はそばにあぐらをかいた。

「塚次です」

伝八のほうが少し年上だ。がっしりした体つきの塚次に比べ、伝八のほうはだいぶ細身だが、ふたりとも危険な雰囲気が漂っている。

「あっしのことを見ていたのは伝八さんなんですね」

塚次の目が鈍く光った。

「そうだ。あんたが殺らなければ、俺が殺っていた。先に殺られたことを千代治さんに話さなきゃならないので、あんたのあとをつけたってわけだ」

「見られていたなんて、夢にも思わなかったぜ」

塚次は自嘲《じちよう》ぎみに口許を歪めた。

「ああ、そのあんたとこうして手を組むようになったことこそ夢にも思わなかった」

伝八は応じる。

「ふたりとも頼んだぜ」

千代治は塚次と伝八の顔を交互に見る。

「どうすればいいんでえ」

「片倉屋徳兵衛は冬木町の一軒家に女中だったおはんを住まわせている。そこに、徳兵衛がやって来たときに襲う」

千代治は意気込んで言う。

「徳兵衛に浪人の用心棒がふたりついている。当然、冬木町の家までもいっしょだ。この浪人の相手を塚次さんにしてもらいてえ。その間に、俺と伝八さんとで徳兵衛を殺る」

「たやすいことだ」

塚次は自信タップリに言う。

「油断は禁物だ。徳兵衛は俺が仕返しにくることを予期して、用心棒を雇った。浪人はかなり腕が立つと思ったほうがいい」

千代治は注意をする。

「で、いつやるんですかえ」

塚次がにやつきながらきく。この男はひとを斬るのが好きなのかもしれないと思った。

「今度、徳兵衛が冬木町に行ったときだ。ただ、徳兵衛を殺る前に、どうして徳兵衛がおはんの世話をするようになったのか聞き出したい。それに、子どもの父親だ」

簑助の子かどうか。簑助はおはんを守るために『片倉屋』から金を奪って逃げた。簑助はお腹《なか》の子どものことを知っていたのか。

「わかった。あっしはいつでもいいですぜ」

塚次は頼もしく答えてから、

「伝八さん、きいていいかえ」

と、伝八に顔を向けた。

「なんだね」

「伝八さんは千代治さんとどういう関係なんですかえ」

「半年ほど前に、小塚原の回向院で出会った」

伝八は答える。

「俺は押込みの一味だった。隠れ家が火盗改めに踏み込まれ、おかしらと仲間が捕まった。俺だけが逃げ果《おお》せたが、おかしらは獄門になった。おかしらや仲間を失って、俺は生きる気力をなくした。ところが、千代治さんの倅の話を聞いて、いっしょにやってやろうという気になったのだ。生きる目的が出来たってことだ」

「手配はされていないのか」

「火盗改めは探しているだろう。だから、町を歩くときは十分に注意をしている」

「そうかえ」

「塚次さんはどこの生まれだ？」

「俺は上州の百姓の倅だ。賭場《とば》で用心棒をしていた浪人からやっとうを習った。筋がよかったようで、すぐに上達した。侍になりたく江戸に出て、口入れ屋の世話で若党になったが、ちょっと刃傷沙汰《にんじょうざた》を起こして……」

塚次は自嘲ぎみに続けた。

「武家奉公をしているとき吉原に馴染みが出来た。通う金欲しさに、辻強盗を働くようになったんだ」

「吉原はどこだ？」

「京町一丁目の『丸山楼』だ。そこの茜という遊女に入れ揚げた」

「もう吉原にも目をつけられているな」

「ちくしょう」

塚次は悔しそうに目を剝《む》いた。

「いい女だったのか」

「ああ、いい女だ。すれてなくてな」

「騙されているんじゃねえのか」

千代治は口をはさんだ。

「女なんて平気で嘘《うそ》をつく」

千代治の脳裏にあるのはおはんだ。簑助はおはんのために身を犠牲にしたのに、最後は裏切られたのだ。

「いや、あの女はそうじゃねえ。真心がある」

塚次は柄になく、真剣な顔になった。

「そうか。そんな女に会えなくなって残念だな」

千代治は逆らわずに言う。

「いや。諦めねえ。また、ほとぼりが冷めたら行く」

塚次はため息をついて言う。

「よし。徳兵衛が冬木町に行くかどうかわからないが、明日の暮六つ（午後六時）に海辺橋で落ち合おう」

千代治は言い、立ち上がった。

「じゃあ、俺は先に引き上げる」

「あっしも間をおいて出る」

伝八も応じた。

「じゃあな」

千代治が言うと、塚次は軽く手をあげた。

阿部川町の長屋に帰って来た。路地は静かだった。どの住まいからも明かりは消え、もう寝はじめているのだろう。

家に向かいかけたとき、おくにの家から大家とおたけが出て来た。

千代治の顔を見て、大家はぎょっとしたようになった。

「ああ、千代治か」

「どうしたんですね。ずいぶん驚いたようでしたが。ひょっとして、文蔵親分だと思ったんですかえ」

千代治は声をひそめてきいた。

「いや、そうじゃない。文蔵親分はきょうは現われない」

やはり、松助が殺されたことで、文蔵の気持ちはそっちに向かっているのだ。文蔵は何か引っかかっているところがあるようだが、こうなると、塚次のおかげで助かったともいえる。

「じゃあ、失礼します」

「待て」

千代治が家に入ろうとしたのを、大家が呼び止めた。

「なんでしょうか」

「ちょっと、いいか」

と、大家は路地の奥に誘った。

立ち止まり、大家は顔を向けた。

「安蔵の弟分の常次郎《つねじろう》という男を知っているか」

「いえ」

「新堀川の鯉をいっしょに獲《と》って食った男だ」

「…………」

千代治の胸に不安が萌《きざ》した。

「常次郎がおくにさんのところにやって来た。最初は安蔵の位牌に線香を上げにきたということだった」

大家は深刻そうな顔をした。

「だが、そのうち、常次郎の態度が変わったそうだ」

「変わった？」

「うむ」

大家が言いよどんでから、

「安蔵兄いは祟りで死んだんじゃねえと言いだした」

「どういうことですかえ」

「常次郎は、安蔵の死の真相を知っている。文蔵親分に黙っていて欲しければ、おくにに言うことをきけと脅したそうだ」

「死の真相ってなんですか」

「わからねえ。たぶん、文蔵親分は安蔵のことで常次郎にも話をききに行った。そのことで、勝手に当て推量をしたんだろう」

「つまり、おくにさんが安蔵さんを？」

「………」

大家は黙った。

「でも、そんなはずはねえ。安蔵さんは川にはまっていたんだ。おくにさんがそんなことを出来るはずはねえ」

「それはそうだ」

「文蔵親分もそう疑っているんですかえ」

「そうだ」

「ばかな。安蔵さんは頭頂部に傷があったんだ。小柄なおくにさんが外で安蔵の頭を殴れっこねえ。いってえ、どうして文蔵親分はおくにさんを疑っているんですかえ」

大家は当惑したように、

「きっかけは女衒《ぜげん》だ。安蔵はおくにさんを岡場所に売ることになっていたそうだ。安蔵が死んで、その話が壊れた。女衒が腹立ちまぎれに文蔵親分にあることないことを言ったそうだ」

「でも、だからって、おくにさんには安蔵を殺れるわけはねえ。常次郎が死の真相を知っているというのははったりじゃありませんか」

「………」

「大家さん、何か」

大家が口を閉ざしたので気になった。

「じつは、おくにはこの長屋を出て行くことになっていたんだ」

「出て行く？」

千代治は眉根を寄せた。

「ああ、ここにいたら、安蔵のことが思いだされるそうだ」

「行く当てがあるんですかえ」

「仕立ての仕事をしている古着屋の番頭が面倒をみてくれるそうなのだ」

「面倒を？」

その言葉が引っかかった。

「そうだ。古着屋の近くに越して、そこの仕立ての仕事をするということだ」

「それはよござんしたね」

「ところが、常次郎が妙なことを言いだして、おくにさんは困っているんだ。古着屋に常次郎が押しかけてくるかもしれないと」

「常次郎は何を言っているんですかえ」

「常次郎はその番頭とおくにが出来ていると邪推している」

「出来ている？」

「そうだ」

大家は顎《あご》に手をやって、

「ふたりで邪魔になった安蔵を殺したと疑っている。その番頭とのことを、文蔵親分に知らせると脅して来たのだ」

「汚ねえ野郎だ」

千代治は腹が立った。

「でも、常次郎はその番頭のことをどうして気づいたんですね」

「安蔵だ。安蔵から聞いていたそうだ。自分では身勝手なことをしながら、安蔵はおくにのすることに目を光らせていたんだ」

千代治は頬を痙攣《けいれん》させた。安蔵といい、常次郎といい、ろくでもない男に、おくにはつかまってしまった。

「古着屋の番頭さんにお会いしたことはあるんですか」

番頭がどういう男か気になった。安蔵は番頭に嫉妬《しっと》していたのかもしれない。そう思わせるような男だったのだろうか。

「いや、ない」

「どこのお店のなんという番頭ですかえ」

「きいてどうする？」

「いえ、ただ、おくにさんがこれから世話になる番頭がどんな人間か気になったものですから」

死んだ女房の若い頃に似ているおくにの行く末が心配なのだ。

「元鳥越町《もととりごえちょう》にある『結城屋《ゆうきや》』の番頭で、佐太郎《さたろう》というそうだ」

「『結城屋』の佐太郎さんですね」

大家が不安そうな顔を向けていた。

千代治は腰高障子を開け、部屋に上がって行灯《あんどん》に火を入れた。

仏壇の前に座り、簑助の位牌に手を合わせる。

脳裏に常次郎のことがこびりついていた。常次郎は佐太郎という番頭とおくにがつるんで安蔵を殺したと疑っているようだ。

佐太郎がどんな体つきかはわからないが、男なら新堀川沿いを歩く安蔵の背後から襲いかかり、頭を殴って川に放《ほう》り込むことは出来よう。

しかし、そんなことがあろうか。安蔵のようなろくでなしの死は祟りですませたいという気持ちは大きい。だが、冷静に考えれば、川の主の祟りということはありえない。

佐太郎とおくにの共謀だろうか。あの夜、おくには安蔵を酔わせて、外に連れ出した。そして、新堀川で待ち伏せていた佐太郎が襲いかかる。

ふたりは、祟りを利用して安蔵を殺したのか。仮にそうだとしても、ふたりを責める気はない。かえって、千代治は常次郎を……。

そこまで考えてはっと立ち止まった。俺には片倉屋徳兵衛を殺る仕事が待っているのだと、千代治は自分に言い聞かせた。

四

松吉は座棺に納められ、山谷にある寺に埋葬された。

土饅頭《どまんじゆう》の上に立てられた白木が生々しく胸に迫った。塚次が尾行に気づいていることを、なぜ告げてやらなかったのかという後悔に胸が疼《うず》いた。

（松吉兄い、すまなかった）

孝助は心の中で詫《わ》びた。もう、何度詫びたかもしれない。

松吉は浅草奥山での掏摸《すり》の一件をずっと恩に着てくれて、孝助にはよくしてくれた。文蔵の手下になれるように応援もし、口添えもしてくれた。

ふたつしか違わなかったが、ほんとうの兄のように頼りにしていたのだ。

（松吉兄い、きっと仇《かたき》はとる）

背後に足音がした。

「孝助」

文蔵の声だ。

「前の晩、松吉は『樽屋』に顔を出したそうだな」

「へい」

「そんとき、何か言っていなかったか」

「へえ、その前に塚次がやって来て酒を呑んで帰りました。あとからやって来た松吉兄いは、塚次に近付いて行った奴がいないかときいてきました。誰も近付かず、ひとりで酒を呑んでいたと答えました」

千代治の名を出したことは、黙っていた。千代治が塚次に何を話したのかわからないのだ。もっともそれはいい訳に過ぎない。状況から考えて、尾行のことを告げたと考えるほうが自然だ。

だが、あくまでも証のあることではない。それなのに、千代治の名を出せば、文蔵は千代治を強引に引っ立てるだろう。それで、千代治が塚次の居場所を素直に喋るかどうかはわからない。

それよりは、千代治を泳がせておいたほうが得策のような気がする。

「親分。あっしはきっと松吉兄いの仇を討ちます」

「頼んだぜ。塚次を捕まえたら、おめえを手下にしてやろう」

「ほんとうですかえ」

「ほんとうだ。だが、塚次は荒物屋の二階からいなくなっていた。どこに行ったか、手掛かりはねえ」

「どこに逃げようが探します」

「その意気だ。きっと捕まえろ。これは奉行所の威信にもかかわることだ。岡っ引きの手下を手にかけるなど決して許されねえ」

「へい」

「源太には吉原を見張らせる。馴染みの女のところにやって来るかもしれないからな」

「わかりました。あっしは……」

孝助は言いさした。

「どうした?」

「いえ。あっしは塚次の顔を見ていますから、必ず見つけ出します」

千代治絡みのことは言えなかった。

『樽屋』に戻り、喜助にあとを託し、孝助は十郎太の長屋に向かった。

腰高障子を開けると、またおぎんという女がいた。

「十郎太さんはいらっしゃらねえんで」

孝助は戸惑いながらきく。

「いないのよ。どこに行ったのかしら」

おぎんはため息をついてから、

「あんた、孝助さんね」

と、微笑《ほほえ》んだ。

「へえ」

「十郎太さんから聞いているわ」

「さいですか」

「私のことを、十郎太さんは何て？」

「いえ、別に」

「嘘。掏摸だとか言っていたんでしょう、どうせ」

「掏摸なんですかえ」

「そうよ」

おぎんは悪びれずに言う。

「でも、もうやっていないわ。十郎太さんにたしなめられてからはおとなしくしているのよ。だから、今は掏摸ではないわ」

「わかりました。じゃあ、十郎太さんが帰って来たころにきます」

孝助は土間を出た。

木戸を十郎太が入って来た。

「来ていたのか」

十郎太がきく。

「あっしだけではありませんぜ」

「おぎんか」

十郎太は眉根を寄せて体の向きを変えた。

「どこに行くんです？」

「少し、時間を潰してから帰る」

十郎太は木戸のほうに戻った。

孝助はあわてて追いかける。

「どうしたんですか」

「いや、あの女は苦手だ」

「どうしてですかえ。いい女じゃありませんか」

十郎太はさっさと歩いて行く。

「待ってくださいな」

「俺に用があるんだろう。おぎんがいたんじゃ話は出来ない」

孝助と十郎太は待乳山聖天に行った。

「どこかに行って来たんですかえ」

大川が見渡せる場所に立って、孝助がきく。

「西方寺だ」

「松吉のことで？」

「あの夜、急な雨が降って来た」

いきなり、十郎太は言う。

「にわか雨に遭い、本堂の回廊で雨宿りをしていた男がいた。物貰《ものもら》いだ。その男が境内に入って来た塚次とあとをつけてきた松吉を見ていた。塚次は笠《かさ》をかぶり、合羽《かっぱ》を着ていたが、松吉はずぶ濡《ぬ》れを構わず、つけていた」

「そうですかえ。松吉兄いはずぶ濡れになって……」

「塚次は墓のほうに松吉を誘い、斬りかかったのだ」

「はじめから殺すつもりで誘《おび》き出したってわけですね」

「そうだ。それから塚次は荒物屋に戻り、荷物をまとめて出て行った」

「西方寺から荒物屋にまわって聞込みをしてきたんですかえ」

「そなたが手柄を立て、文蔵の手下になることが十年前の事件の真相を知る近道だからな。手を貸すと、俺も誓ったんだ」

「へえ、ありがてえ」

「塚次の行き先は、おそらく千代治が用意していたに違いねえ。だから、すぐに立ち去ることが出来たのだろう」

「鍵《かぎ》は千代治ですね」

「金を盗んだ『片倉屋』の手代の父親だと、松助が言っていたな。倅の仇を討とうとしているんだ。塚次は千代治の下で働いているんだ」

「だとすれば『片倉屋』の主人を見張っていれば、必ず塚次が現われますね」

「そういうことだ。これから、『片倉屋』に行ってみよう」

十郎太は意気込んだ。西の空が茜《あかね》色に染まりはじめていた。

田原町一丁目にある『片倉屋』の前に、孝助と十郎太はやって来た。日暮れてきたが、客の出入りは多い。

「あの絵草紙屋の横だ」

店先を行き過ぎてから、十郎太が小声で言う。

孝助はさりげなく顔を向ける。

絵草紙屋の横で、三十過ぎと思える男が『片倉屋』の店先を見ていた。

「千代治の仲間かもしれませんね」

孝助は言う。

だが、東本願寺前まで行って引き返し、再び、『片倉屋』の前までやってきたとき、絵草紙屋の横にさっきの男はいなかった。

ひとところにいると怪しまれるので、場所を移動したのかもしれない。

『片倉屋』の店を覗《のぞ》いたが、主人らしい男の姿は見えなかった。

「千代治の倅の事件、詳しいことを知りたいな」

十郎太が思いついたように言う。

「文蔵親分から聞いてみますかえ」

「いや。奉公人からきいてみたい」

「よそ者に話しちゃくれませんよ」

「そうだな」

「待ってくださいよ」

孝助は思いついたことがあった。

「なんだ?」

「おぎんさんです」

「おぎん?」

十郎太の顔つきが変わった。

「おぎんさんに客として乗りこんでいろいろ世間話ふうにきいてもらいましょう。おぎんさんならうまくやってくれそうです」

初対面の自分にも臆《おく》することなく物を言い、頭の回転も早そうだ。なにより、美人だから、相手も心を開く。

「いや、それは……」

十郎太は歯切れが悪い。

「おぎんさんは十郎太さんを気に入っているようです。あなたの頼みなら、きっと引き受けてくれる」

「そういうことではない。そんなこと、頼んだら、あの女はますます図に乗る」

「いいではないですか。そんな悪いひとではない。それに、あなたに叱《しか》られてからは掏摸もしていないそうだ」

「そんなことまで話しているのか」

十郎太は顔をしかめた。

「さあ、行きましょう」

「俺はあの女の住まいを知らん」

「あなたの長屋ですよ」

「あれからどのくらい経《た》っていると思うんだ。もう、とうに引き上げている」

「ともかく、行ってみましょう」

孝助は先に立って長屋に急いだ。

辺りは暗くなり、聖天町にやって来たときに暮六つの鐘が鳴りはじめた。

長屋に帰り、十郎太の住まいの前に立った。十郎太が戸に手を当てたまま固まったようになった。

「どうしたんですか」

「中に誰かいる」

十郎太は当惑した顔をする。

「おぎんさんしかいないでしょう」

孝助は戸を開けた。

行灯に明かりが灯《とも》り、おぎんが待っていた。

「お帰りなさい」

部屋の中がきれいになっていた。だが、竈《かまど》の前の、泥水のようになった桶《おけ》の中に雑《ぞう》巾《きん》が無造作に放り込まれていた。

「雑巾がけしたんですね。ずいぶん、きれいになった」

でも、後始末がなっていないという言葉を、孝助は呑み込んだ。おぎんなりに一生懸命したのだ。

十郎太は渋い顔で部屋に上がった。

「十郎太さん。おぎんさんにさっきのことをお願いします。あっしは水を捨ててきます」

孝助は桶を持って、汚れた水を外に捨てに言った。井戸で新しい水を汲《く》み、雑巾を濯ぐ。たちまち、きれいな水が汚れる。

孝助はきれいになった桶と雑巾を手に井戸端から離れた。ふと、かなたの屋根の上に丸い月を見て立ち止まった。

孝助の脳裏を『川嶋』のさわの顔が掠《かす》めた。十年前はまだ子どもだったさわも匂《にお》うような美しい女に成長した。

二十一か二になっているだろう。だが、島田髷《まげ》で、お歯黒もしていなかった。未婚のようだ。いや、許婚《いいなずけ》はいるのかもしれない。

ふたりをいっしょにさせたいというのは『川嶋』の旦那《だんな》の口癖だった。『なみ川』がなくなったあと、『川嶋』の旦那はゆくゆくは孝助をさわの婿にして『川嶋』を継がせようと考えていたようだ。

だが、孝助は蕎麦屋の主人になる踏ん切りはつかなかった。『なみ川』を失った衝撃や父と母を失った悲しみから自暴自棄になって江戸を離れてしまった。

『川嶋』の旦那はまだ達者でいるのだろうか。会って詫びもしたいが、今はそれは出来ない。

今は新太郎ではなく、『なみ川』の再興のために尽くす孝助という男なのだ。十年前の謎《なぞ》を探り、『なみ川』の再興がなった暁には新太郎に戻り、改めて『川嶋』の旦那に挨拶に行き、さわにも堂々と会うつもりだった。

深く息を吸い、大きく吐き出してから、孝助は十郎太の住まいに戻った。

土間に入ると、十郎太が困ったような顔をしていた。

「どうしたんですか」

孝助は不審に思ってきいた。

「いや、なんでもない」

十郎太はあわてて言う。

「で、おぎんさんにお願いしたんですね」

「ええ、承ったわ」

おぎんは胸を張って言う。

「『片倉屋』で一年前に起きたことをきき出せばいいんでしょう」

「そうです。岡っ引きの文蔵親分から大まかなことは聞いてますが、内部の人間から聞くと違った見方もあるのではないかと思いましてね」

「ええ、おやすい御用よ。明日、さっそく行ってきます」

「すみません。助かります」

孝助は十郎太の浮かない顔を見て、

「いったい、どうしたって言うんですか」

と、きいた。

「おぎんが……」

十郎太は口を濁した。

「えっ、なんですか」

「ときたま、ここに来ると言うのだ」

「いいではありませんか。こんなにきれいにしてもらってありがたいではありませんか。おぎんさん、よろしくお願いします」

「待て。そういうものではない」

「あら、私がここにやって来ちゃ迷惑なんですか」

「そうではない。そうではないが、長屋の住人の目がある」

「そんなもの、気にしなくていいわ。私はみなさんと仲よくやっていけますから」

「な、なんということを」

十郎太はしどろもどろになった。

「おぎんさんにお願いしている身ですよ。大望の前には何ごとも……」

十郎太は怒ったような顔で頷いたが、ほんとうに迷惑がっているのだろうか。じつは案外とおぎんにそこまで言われ、満足しているのではないかとも思えた。

翌朝、孝助はいつものように待乳山聖天から『なみ川』の前にやって来た。今は『鶴の家』に名を変えているが、ここは自分が生まれ育ったところなのだ。

江戸の料理屋は旨《うま》い料理を出すことはもちろんだが、風光明媚《めいび》な場所にあるほうが好まれた。

この場所からは大川が見え、かなたに筑波《つくば》の山が望める。まさに、この一帯は料理屋にとってもっともよい条件を満たしていた。

だから、『なみ川』は繁昌し、山谷の『八百半《やおはん》』と並び称される名店だった。しかし。この『鶴の家』がそれほどの評判をとっているとは思えない。

やはり、『なみ川』と違うのは酒と料理だ。酒は『なみ川』は下り酒を出していた。『鶴の家』は江戸及び近郊で醸造された地廻《じまわ》り酒を使っているらしい。

それでいて、『鶴の家』は『なみ川』に負けないほどの値段だそうだから、いつか客からそっぽを向かれるのではないかと心配する。

しばらく建物を眺めていたが、怪しまれないように歩きはじめ、孝助は門前を行きすぎた。

　ふと、二階から誰かがじっと見つめているのがわかった。以前から、孝助がやって来たことに気づいていたのだろうか。

　そのまま行きすぎてから、孝助はふと改めて気づいたことがあった。『なみ川』が潰れて『鶴の家』が漁夫の利を得たと思っていたが、果してそうだろうか。最初から、『鶴の家』は絡んでいなかったのか。

　食中《しょくあた》りで死者を出したことは料理屋にとって致命的だったが、『なみ川』の板前がそんな腐った食べ物を出すはずはない。そこに何かからくりがあると睨《にら》んでいるが、『鶴の家』とて利益を得る立場にあった。

　ただ、諸角家江戸家老の渡良瀬惣右衛門も食中りで亡くなっている。十郎太はそこに不審を抱いている。そのこととの絡みがわからない。

『樽屋』に戻る。喜助は起きて朝飯を作って待っていた。

「とっつあん、いただくぜ」

　孝助は膳の前に座って言ってから、

「とっつあんは『鶴の家』の主人を知っているかえ」

と、確かめた。

「『鶴の家』？　確か『鶴の家』の主人の道太郎《みちたろう》は本所石原町《ほんじょいしわらちょう》で小さな呑み屋をやっ

ていたと聞いた」

「小さな呑み屋？」

「闕所《けっしょ》になった『なみ川』は奉行所の手に渡ったが、奉行所が安く売りに出したのを道太郎が買ったのだろう」

「そんなに安く売りに出されたのか」

「食中りを出した料理屋だからな。それがどうかしたのか」

「いや」

孝助は首を横に振った。

「さあ、食っちまおう」

喜助は椀《わん》に盛った飯を差し出した。

「他にも、買いたいって者もいたんじゃねえのか」

椀を持ったまま、孝助はなおも気にした。

「そうだろうな」

「その中で、どうして道太郎が選ばれたのだろうか」

「さあな」

「魚介類で、食中りをしたんだったな」

「そうだ。和《あ》え物に古い貝の剝き身を入れたと決めつけられたそうだが、そんなものを出してはいねえはずだ。生のものは酢漬けか醬油《しょうゆ》ダレにつけ込んでいる。俺がいるころからそうやっていた」

喜助は険しい顔になって、

「何かからくりがあるんだ。ただ、奉行所の調べでは貝の剝き身が腐っていたことにされた。『なみ川』の者もそんなことはないと訴えたが聞いてもらえなかった。何かえ、そのことで気づいたことがあるのか」

「いや。勝手に思いついただけで、深い理由があるわけじゃねえんだ。ただ、考えれば考えるほど、裏があると思えてくる。ただ、十年経っている。ともかく、文蔵親分の懐に飛び込むしかねえ。松吉の仇を討って、手下にしてもらうことが先決だ」

孝助は逸《はや》る気持ちを抑えて言う。

飯を食い終えてから、店の仕込みなどを喜助に頼み、孝助は田原町一丁目に向かった。

『片倉屋』の店先で小僧が水をまいている。

商家の娘ふうの女がひとりでやって来た。孝助に顔を向け、にこりと笑ってから『片倉屋』に入って行く。

孝助は目を見張った。おぎんのようだ。見違えた。すっかり初《うぶ》な娘に化けている。驚いていると、後ろから声をかけられた。

「女は恐ろしいもんだな」

十郎太だった。

「今の姿、どう見たってどこかの商家のお嬢さまだ。あれで、供の女中がいれば申し分はなかったが」

「案外と、あの姿がおぎんさんの本性かもしれませんぜ」

「孝助」

十郎太が渋い顔で言う。

「何か勘違いをしているといけないので申しておくが……」

「わかってますって。あくまでも、辻強盗に辿《たど》り着くために手を貸してもらっているだけだって言うのでしょう」

孝助は先回りをして言う。

「そうだ」

「でも、おぎんさんは十郎太さんに惚《ほ》れていますぜ」

「ばかなことを言うな」

十郎太はあわてて言う。

孝助は苦笑して『片倉屋』の店先を見た。

四半刻が過ぎた。

「遅いですね」

孝助は気になった。店に入ったまま、おぎんは出て来ない。

「ちょっと、見てきます」

孝助は店先に向かった。そして、土間を覗く。店の座敷におぎんの姿はなかった。

行きすぎて、大回りをして十郎太のところに戻った。

「いませんでした」

「いない？」

十郎太は不思議そうな顔をした。

「どうしたっていうんだろう」

「おぎんのことだ。何か企《たくら》んでいるのかもしれないな」

おぎんが出て来たのは、それから半刻（一時間）後のことだった。雷門のほうに向かうおぎんのあとを追った。

「おぎんさん」

孝助は声をかけた。

「なかなか出て来なかったので、どうしたのかと思いました」

「気分が悪くなったと言って奥で休ませてもらったんです。明日、お礼に伺い、いろいろ聞いてきます」

おぎんはいたずらっぽい目を十郎太に向けた。

十郎太は渋い顔で横を向いた。

「おぎんさん、助かりました。明日、よろしくお願いいたします。じゃあ、あっしはお先に」

「おい、孝助」

十郎太があわてて呼び止める声を無視して、孝助は裾《すそ》をつまんで急ぎ足になった。

第四章　仕返し

一

　夕方になって、千代治は元鳥越町にある『結城屋』の店先に立った。職人体《てい》の男が土間に入って行く。

　深呼吸をしてから、千代治は暖簾《のれん》をくぐった。すぐに、手代が近付いてきた。

「何か」

　見すぼらしい年寄りだから客には見えないのか。手代は胡乱《うろん》そうに千代治を見た。

「佐太郎という番頭さんはいらっしゃいますか」

「おまえさんは？」

「へえ。おくにさんの知り合いだと言ってもらえればわかります」

「おくにさん？」

「そうです。こちらの仕立ての仕事を請け負っているおくにさんです」

「そうですか」

手代は振り返った。

「今、お客さんのお相手をしています」

「あそこのご婦人の相手をしているお方ですね」

「そうです」

「急がないので、終わるまで待ちましょう」

顔を確かめるだけでいいのだ。手代は新しく入ってきた客に応対した。

佐太郎が立ち上がり、帳場のほうに向かった。客の婦人は赤い着物を体に合わせている。佐太郎が戻ってきた。

細身だが背が高そうだ。男振りも悪くはない。三十を少し出たぐらいか。千代治はおくにと佐太郎との仲を考えた。おくにが心を寄せることも考えられなくはない。

待ち伏せをしていた佐太郎が新堀川沿いを歩く安蔵の背後から襲いかかり、頭を殴って川に放《ほう》り込むことは出来そうだ。

常次郎の疑いも決して言いがかりとはいえないような気がした。

これまで、安蔵だけを悪者にしてきたが、先におくにのほうが佐太郎とわりない仲になっていて、安蔵が邪魔になっていたのかもしれない。

そう考えると、千代治は急にしらけた気分になった。おくにに同情を寄せたことが大きな間違いだったように思える。

だが、ほんとうにふたりはそういう仲だったのか。まだ、そうだと決めつけるには早いかもしれない。

千代治は複雑な思いで『結城屋』を出た。

蔵前から浅草御門を抜ける。まだ思いはふたりの仲に向かっていた。おくには仕立てた着物を持って『結城屋』に出向く。その応対をしたのが、番頭の佐太郎だったのだろう。

両国橋を渡るうちに、思いはおくにのことから片倉屋徳兵衛に向かった。

今夜あたり、徳兵衛が冬木町のおはんの家にやってくるかもしれない。もし、やって来たら、伝八と塚次に襲わせるつもりだ。

おはんの子の父親が誰か。それは、あとからおはんにきけばいい。

暮六つ（午後六時）の鐘が鳴り終えたとき、千代治はおはんの家の近くにやってきた。

すでにきていた塚次がどことなく現われた。

「徳兵衛はまだ来ない」

「田原町一丁目を夕方に出ても、まだつかない。これからだ」

伝八が『片倉屋』を見張っている。徳兵衛がここにくれば、伝八もいっしょにやってくるはずだ。

うまく行けば、今夜こそ、簑助の仇《かたき》を討つことが出来る。

「どうか簑助をお助けください」

と、千代治は必死に頼んだが、徳兵衛は聞き入れてくれなかった。簑助を助けてやることが出来なかった悔しさが蘇《よみがえ》る。

そろそろ、六つ半（午後七時）になるが、おはんの家に近付く者はなかった。今夜も来ないかもしれない。

おはんの家の連子窓《れんじまど》から明かりが漏れている。千代治は近付いた。

そっと覗《のぞ》く。壁が見えるだけで、部屋の中は見渡せない。ふと、人影が横切った。若い女だ。

おはんだ。化粧はしていないようだが、だいぶ垢抜《あかぬ》け、女らしくなった。なぜ、徳兵衛の世話を受けるようになったのか、そのわけが知りたい。

簑助はおはんに同情してあのようなだいそれたことをしでかしたのだが、ひょっとしたら、おはんは最初から簑助をだまし、利用したという疑いも消えない。

今からこの家に飛び込んで、おはんを問い詰めたい衝動に駆られた。だが、それをしたら、徳兵衛は用心をしてここにやって来なくなるかもしれない。

徳兵衛を殺る《や》好機はここに来たときをおいて他にない。なんとか気持ちを抑えて、千代治はその場から離れた。

塚次のところに戻る。塚次は夜空を眺めていた。

「今夜は来そうにもない」

おはんが化粧をしていないことからそう思った。徳兵衛の世話を受けているということは、おはんは妾《めかけ》になっているのだ。

旦那《だんな》が来るなら化粧をして迎えるはずだ。

「引き上げますか」

塚次はため息をついて言う。

「おまえさん、まさか、吉原の女が恋しくなったんじゃないだろうな」

「どうして、そう思うんだ？」

塚次が顔をしかめた。

「こっちの思い過ごしならいい。吉原には岡っ引きが待ち伏せているはずだ。のこのこ出て行ったら危ない」

「わかっている」

塚次は不快そうに言う。

やはり、茜という遊女に未練があるのだ。だんだん辛抱出来なくなっているようだ。早く、徳兵衛を殺らねばならない。

「行こう」

千代治は先に立った。塚次がついてきた。

両国橋を渡り、浅草御門を抜け、御蔵前片町から新堀川に出る。五つ（午後八時）をまわっている。

岡っ引きに見咎《みとが》められた場合に備え、塚次とは少し離れて歩いている。阿部川町に差しかかったとき、前方から中肉中背の男が歩いて来た。

蛇のような目付きをした薄気味悪い顔だ。一度、見掛けたことがある。常次郎だ。

これからおくにのところに行くのだ。

千代治は怒りが込み上げてきた。おくにを脅すつもりだろう。常次郎は長屋のほうに曲がって行った。

「どうしたんだ？」

塚次が近付いてきて言う。

「あの男、おくにという女を脅している」

千代治はかいつまんで話した。

「ふん。あくどい野郎だ」

「ともかく、帰ってみる。また、明日の夜、冬木町だ」

「わかった」

千代治は急いで住まいに帰った。行灯《あんどん》の明かりをつけて、隣に聞き耳を立てる。男の声が聞こえてきた。常次郎だ。

千代治は壁に耳を押しつけ、聞き耳を立てた。

「おくにさん。どうしたんでえ。あっしがひと言申し開きをすれば、文蔵親分はおまえさんから疑いを消す」

「私はそんなことをしていません」

「そんないい訳は通用しねえぜ。安蔵兄いはいつも、おまえさんと佐太郎の仲を疑っていたんだ。いつか、俺はおくにに殺されるかもしれないと言っていたんだ」

「嘘《うそ》です」

「嘘じゃあるものか。あっ、煙草盆《たばこぼん》を貸してくれねえか」

「帰ってください」

おくにが悲鳴のような声をあげる。

「佐太郎がおめえに執心なのは『結城屋』の奉公人も知っていたぜ」

「そんなはずはありません」

「しらっぱくれてもだめだ。安蔵兄いは、おまえさんに裏切られたから、仕方なくおまえさんを岡場所に売ろうとしたんだ。おまえさんが佐太郎といい仲にならなければ、岡場所に売ろうなどとは思わなかったに違いねえ」

「いい加減なことを言わないでください」

「あの夜、安蔵兄いは、おまえさんとの最後の夜だからってこの家で過ごすことになっていた。そんな兄いに酒を呑《の》ませて酔わせ、うまく言い含めて外に連れ出して、待っていた佐太郎が襲いかかった。どうだ、違うか」

常次郎の得意気な声が耳障りだ。

「なにするんですか」

おくにの非難するような声が聞こえた。

「いいじゃねえか」

「大声をだしますよ」

千代治は立ち上がった。踏み込んで行こうとしたが、

「ちっ、わかったぜ。明日の昼までに下谷《したや》広徳寺《こうとくじ》の山門まで来い。来なかったら、文蔵のところに行く。いいな」

戸が閉まる音がした。

やがて、おくにの泣き声が聞こえ、千代治の胸を締めつけた。

ふと、簑助の声が聞こえた。

「おとっつあん、おっかさんに似ているおくにさんを助けてやってくれ」

「簑助。よく言ってくれた。きっと、おくにさんを助けてやるぜ」

明日、俺が常次郎に会いに行く。そこで話をつける。もし、話し合いがうまくいかなければ……。

悲壮な覚悟を固め、千代治は土間を出た。

おくにの家の腰高障子を開け、

「おくにさん」

と呼びかけたとき、まさにおくにが出刃包丁で自分の喉《のど》を突こうとしていた。

「やめるんだ」

千代治が大声を上げて飛び掛かった。間一髪のところで、千代治は包丁を奪い取った。

「なんてことをするんだ」

「死なせてください」

おくにが畳に突っ伏して泣きだした。

戸口にあわてておたけが駆け込んできた。

「おくにさん」

おたけはおくにの肩を抱いた。

「いけないよ。生きなきゃだめだよ。せっかく、みんなで……」

おたけの声は途切れた。

「おくに。どうしたんだ？」

騒ぎを聞きつけて、大家が駆け込んできた。

「常次郎がやって来たんですよ」

千代治は吐き捨てた。

「あの男か。ダニのような奴だ」

「明日、下谷広徳寺におくにさんを呼び出した。でも、あっしが常次郎と話し合います」

「おまえさんが？」

「ええ。あっしに任せてください」

「だが、おまえさんはここに来て半年足らずだ。そこまで、首を突っ込ませては……」

「もう半年ですぜ。水臭いじゃありませんか。それだけじゃなく、おくにさんはあっしの死んだ嬶《かかあ》によく似ているんです。決して他人事とは思えねえんだ」

千代治は大家に訴えてから部屋のほうに顔を向け、

「おくにさん。あっしに任せてくださいな。決して悪いようにはしません」

「千代治さん」

おくには泣き腫《は》らした目を向けた。

「あっしに任せておくんなさい」

千代治はもう一度言い、大家にも頼んだ。

「大家さん。お願いします」

「よし、任せよう。すまないね」

「いえ」

「じゃあ、今夜はもう遅い。また、明日相談しよう」

大家の一声で、集まってきた長屋の人間は引き上げ、千代治も部屋に帰った。

朝陽《あさひ》が天窓から射し込んでいた。

納豆売りや豆腐屋などの棒手振《ぼてふ》りが来ているにしては、路地がいつも以上に騒々しい。千代治は体を起こした。

戸が叩《たた》かれた。

「千代治さん」

「へい」

千代治は土間に下りて、心張《しんば》り棒を外した。

戸を開けると、おたけが血相を変えて、

「たいへんだよ。常次郎が……」

あとの言葉が続かない。

「常次郎がどうかしたんですかえ」

「新堀川で浮かんでいたそうよ」

「なんですって」

千代治はあわてて飛びだした。

木戸を抜けて、新堀川に急ぐ。川の向こうから射《さ》し込む朝陽が眩《まぶ》しい。

川端に着くと、橋のそばで亡骸《なきがら》が横たわっていた。川から引き上げられたばかりのようで全身が濡《ぬ》れていた。

すでに文蔵親分と手下の源太が駆けつけて、亡骸を検《あらた》めていた。

「鯉《こい》の祟《たた》りじゃねえんですかえ。この男は以前に川にはまった男といっしょに鯉をつかまえた男ですぜ」

近所の年寄りが文蔵に訴えた。

「祟りじゃねえ。殺しだ。後頭部に殴打の跡がある」

文蔵が言いきり、

「死んだのは昨夜だ。誰か、この辺りでひとの争う声を聞いた者はないか」

と、野次馬に向かって呼びかけた。

千代治は文蔵の目に入らないように、ひとの背中に隠れた。

塚次だと、思った。塚次はこっちの気持ちを察して手にかけたのだ。あるいは、長屋までつけてきて、常次郎の脅しを聞いていたのかもしれない。

いずれにしろ、塚次の仕業だ。

北町定町廻《じょうまちまわ》り同心の丹羽溜一郎がやって来た。

「旦那」

文蔵が迎える。

「殺しか」

「へい。おそらく、安蔵を殺った下手人と同じです。新堀川の主の祟りを利用して殺したんでしょう」

千代治は急いで長屋に戻った。

おくにのところに行き、

「常次郎が殺されていた」

と、話す。

「まあ」

おくには息を呑んだ。

「いいかえ。昨夜、常次郎は来なかったことにするんだ。ゆうべは風邪《かぜ》っぴきで早く寝てしまった。誰か来たけど、起きられなかった。そう答えるんだ。わかりましたね」

「はい」

千代治は急いで自分の家に戻った。

しばらくして、文蔵がやって来た。おくにの土間から声がする。打ち合わせどおり、おくには答えている。

千代治は出て行った。おくにの家の戸口に立ち、

「親分さん」

と、千代治は声をかけた。

「なんでえ」

源太が胡乱そうに見る。

「じつは、常次郎ってひととはゆうべあっしが会いました」

文蔵が出て来て、

「どうして、おめえが会ったんだ？　常次郎を知っていたのか」

「いえ、知りません。ただ、昨夜の五つ半（午後九時）過ぎ、おくにさんの家の戸を何度も叩いて騒がしいので出て行ったんです。そしたら、おくにを訪ねたが出てこねえと言ってました」

「ほんとうか」

「へえ。ほんとうです。ですから、あっしが何か言づけでも預っておきましょうかときいたら、また明日出直すからいいと」

「で、そのまま引き上げたのか」

「ええ。引き上げました。少し、不機嫌そうでした」

「何しにきたか、わかるか」

「いえ、何も言っていません。ただ、おくにさんに気があるようでしたから、口説きに来たんだと思います」

「口説くだと？」

「へえ、安蔵さんが生きているときも、ときたま留守にやって来てはおくにさんに言い寄っていましたから」

「なに？」

文蔵の目が鈍く光った。

「いえ、これはあっしが感じたことですから、実際はどうだったかわかりません。ただ、安蔵さんが死んだあと、常次郎さんが口説きに来るだろうと思い込んでいたので、そう思っただけかもしれませんが」

「親分」

源太が厳しい顔を向けた。

だが、文蔵は千代治に鋭い目を向けた。

「なぜ、今ごろ、そんなことを言いだしたんだ？」

「別にだと？　やい、千代治。おめえ、俺たちの目を別のほうに向けさせようとしているんじゃないのか」

「そんなだいそれたことは考えちゃいません」

千代治はあわてて答えながら、文蔵の追及を逃れるのは容易なことではないと改めて思った。

二

孝助が出かけようとしたとき、文蔵が『樽屋』の戸口に現われた。その後ろの男を見て、孝助は思わずあっと声をあげた。

「なんでえ、俺の顔に何かついているのか」

源太が不快そうに言う。

「一瞬、松吉兄いかと思ったんだ」

「松吉はもういねえ」

文蔵が吐き捨てるように言う。

「わかってますが、つい……」

「塚次の行方《ゆくえ》はどうなんだ？」

文蔵がきく。

「今、心当たりを探しています」

「心当たりだって？　そんなものがあるのかえ」

源太が驚いたようにきく。

「まだあっしの考えが当たっているかどうかわかりませんが、目星をつけていることがありやす」

「俺たちには言えねえのか」

文蔵が不快そうに言う。

「いえ、そうじゃねえんで。実は、あっしは『片倉屋』の番頭が殺された件が気になっているんです」

「どういうことだ？」

「へえ。塚次の仕業に違いありません。でも、ほんとうに辻《つじ》強盗だったのか。一年前の手代が女中を連れて逃げた一件との関《かか》わりが気になっているんです」

「千代治が塚次を使って、『片倉屋』に仕返しをしようとしていると考えているのか」

「へえ」

「どうかな。気にして千代治の様子を見ていたが、そんな素振りはなかった。『片倉屋』の徳兵衛も警戒して用心棒を雇っているようだが、今さら倅《せがれ》の復讐ではあるまい」

「親分はどうして、千代治の様子を？」

「徳兵衛から相談を受けた。仕返しを考えているんじゃねえのかとな。それで、千代治を当たってみた」

「片倉屋は用心棒を雇っているんですかえ」

「そうだ。警戒していた。しかし、千代治が仕返しをするにしても、塚次と知り合う機会があったのかどうか」

文蔵は『樽屋』で千代治と塚次が接触したことを知らないので、両者を結びつけられないのだ。

「親分。手代といっしょに逃げた女中は今はどうしているのかご存じですかえ」

「いや。聞いちゃいねえ」

「そうですか」

「まあ、おめえにはその線で調べてもらおう。俺たちが、吉原の『丸山楼』を張っている」

「まだ、現われる気配はないんですね」

「まだだ」

「馴染《なじ》みだったとすれば、必ず現われると思います。辻強盗をしてまで会いに行こうとしていたんですからね」

「そうだ。塚次は必ず女に会いに来る」

文蔵は言いきった。

孝助も塚次は必ず女のところに行くと思っている。だが、それは、片倉屋徳兵衛を殺ったあとだ。

「いつか奴は来る。それまで、塚次との我慢比べだ」

文蔵は顔をしかめて吐息をつき、

「塚次のことで手一杯なのに、よけいな仕事が増えた。松吉がいてくれたらと、つくづく思うぜ」

と、珍しく弱音を吐いた。

「親分、何かあったんですかえ」

「また、新堀川で死体が浮かんだ」

脇から源太が答える。

「新堀川で？」

以前も、死体が浮かんだと聞いている。

「そうだ。ゆうべ、殺されて川に放り込まれた」

「確か、鯉の祟りで川にはまって死んだ男がいると聞いたことがあります」

「そうだ。今度、死んだのはその男の弟分だ。同じ下手人に違いねえ」

源太は答える。

すでに文蔵は戸口から去った。源太があわてて追おうとする。

「待ってくれ。死んだ男の名は？」

「常次郎だ。先に死んだ安蔵といっしょに鯉をつかまえて食った男だ」

「文蔵親分は誰かに目をつけているのか」

「安蔵の女房のおくにだ。じゃあな」

源太は文蔵のあとを追って行った。

安蔵に引き続き常次郎まで死んだのはふつうではない。文蔵はあの長屋の誰かに疑いを向けているのだろうか。

その日の夕方、孝助は待乳山聖天に行った。大川が見渡せる場所に、十郎太とおぎんが待っていた。

背後からの夕陽を受けて、川面《かわも》の水がきらめいている。

「お待たせしました」

孝助は声をかけた。

「おぎんがいろいろ聞き出してくれた」

十郎太が言う。

「そうですかえ。助かりました」

「奉公人にもべらべら喋《しゃべ》りたがるひとはいるものね」

おぎんは含み笑いを浮かべたが、すぐ真顔になって、

「簑助という手代がおはんという女中といっしょに二百両を奪って『片倉屋』から逃げたけど、三日後に三ノ輪のおはんの実家にいるところを捕まったということね」

「そうです。でも、簑助だけが死罪になり、おはんはお咎めがなかったそうです。なぜ、いっしょに逃げたのに、簑助だけが罪に問われたのか」

「簑助が女中を脅して連れ出したということになったのは、旦那がおはんを助けるように文蔵親分に金を使ったからだと、手代のひとりが言っていたわ」

「おはんだけを助けた？」

孝助は確かめる。

「ええ。旦那は女中のおはんには同情し、簑助の助命は求めなかったそうよ。その手代は、簑助から話を聞いていたらしいわ。いろいろなことをおはんに相談されて、親身になっていたと」

「何を相談されていたのだろう」

簑助が連れて逃げ出すほどだから、たいへんな事態になっていたのかもしれない。

「内儀さんが留守のとき、おはんさんが旦那の部屋から出て来るのを見たことがあったと、その手代は言っていたわ」

「旦那の部屋から？」

「こういうことよ。おはんさんは、旦那から言い寄られていた。もしかしたら、手込め同然な目に遭ったのかもしれない。このことが内儀さんに知れたらたいへんなことになる。思い余ったおはんさんは簑助さんに相談した」

おぎんは想像を口にした。だが、その想像は間違っていないように思われた。

「旦那の魔の手から逃れるために、簑助はおはんさんを連れてあんな真似《まね》を……」

簑助はおはんに好意を持っていたのだろう。だから、そこまでしたのだと、簑助の純真な心に胸が切なくなった。

「片倉屋にしたら、おはんを連れ去った簑助が許せなかったというわけだ」

十郎太がやりきれないように言い、

「いま、おはんはどこに？」

と、おぎんにきいた。

「誰も知らないわ。もう、辞めていった人間ですものね。でも、おはんの実家が三ノ輪にあるから、そこに行けばわかるんじゃないかしら。私が行ってきいてきましょうか」

「そう願えますか」

孝助は拝むように言う。

「ええ、いいわ。ねえ、十郎太さん。近くまでいっしょに行ってくれるでしょう」

「えっ？」

おぎんの言葉に十郎太が何か言い返す前に、

「もちろん、十郎太さんはごいっしょしますよ。ねえ」

と、孝助は応じた。

十郎太は孝助を睨《にら》んだ。

「大望のためですよ」

孝助は小声で言い、十郎太の抗議を封じ込めた。

途中、おぎんと別れ、孝助と十郎太は待乳山聖天から田原町一丁目の『片倉屋』にやって来た。

店先が見える場所に来たとき、空駕籠《からかご》が店の横に停《と》まった。

しばらくして、羽織姿の男が出て来た。四十ぐらい。恰幅《かっぷく》がよく、でっぷりした男だ。

「徳兵衛だ」

孝助がつぶやく。

どこから現われたのか、ふたりの浪人が駕籠の脇に立った。徳兵衛が駕籠に乗りこむ。

浪人が辺りを睥睨《へいげい》し、駕籠が出発した。

「屈強そうな浪人ですね」

孝助は唖然《あぜん》とした。

「かなり、手強《てごわ》そうだ」

「じゃあ、塚次でも敵《かな》わないか」

「塚次はそこその腕はあろう。だが、松吉につけられていることに気づかなかった。そんな人間では歯が立つまい。おそらく大枚をもらっているのだろうが、あの浪人の眼光には命を賭《か》けてまで、依頼主のために働こうとする意気地《いきじ》が窺《うかが》える」

十郎太は感嘆するように言う。

「千代治と塚次は返り討ちに遭うかもしれないのですね」

「そうだ。そうなるだろう。あのふたりは襲撃者を待ち構えている」

むざむざと殺させてはならないと、孝助は思った。ひょっとすると、片倉屋徳兵衛は千代治が襲って来るのを待ち構えているのかもしれない。返り討ちなら、堂々と千代治を殺すことが出来る。

「あとをつけましょう」

孝助は駕籠のあとをつけた。駕籠は東本願寺の前を素通りし、新堀川にかかる菊屋橋を渡った。

川を渡るとき、常次郎が川で死んでいたことを思いだした。安蔵に続いての不幸だ。安蔵は千代治がいる長屋に住んでいた。

文蔵は安蔵の女房のおくにに疑いの目を向けているらしい。いったい何があったのか、気になりながら、駕籠は稲荷町を過ぎ、下谷に向かった。

ふと、三十ぐらいの風呂敷《ふろしき》の荷を背負った男に気づいた。先に口にしたのは、十郎太だった。

「あの男」

「ええ、『片倉屋』の前にいましたね」

「駕籠をつけている」

だが、下谷広徳寺の前を過ぎたときに、男は駕籠を追うのを止め、途中の道に入った。

「どうしたんだ？　なぜ、つけていかないのか」

十郎太が不思議そうに言う。

「孝助。そなたは駕籠を追え。俺はあの男をつける」

十郎太は言い、男が曲がった路地に走った。

孝助はそのまま、駕籠を追った。

駕籠は山下から下谷広小路に出て、池之端仲町《いけのはたなかちよう》に差しかかった。そして、不忍池《しのばずのいけ》の辺にある料理屋に向かった。

孝助は徳兵衛が入った料理屋の門の前を通りながら、中を覗く。すでに座敷に上がったらしく、徳兵衛の姿はなかった。

徳兵衛が誰と会うのかは問題ではない。千代治や塚次が徳兵衛を襲うかもしれないのだ。もし、襲うとしたら、徳兵衛が引き上げるときだろう。

しかし、周辺に不審な人影はない。襲うのはここではないのかもしれない。それに、途中で尾行を諦《あきら》めた男の動きが気になる。

あの男も千代治の仲間かもしれない。なぜ、途中で尾行を中断したのか。つける必要がないと考えたのだろうか。

一刻（二時間）過ぎてから、料理屋に空駕籠がやって来た。門から覗くと、徳兵衛が現われ、駕籠に乗りこんだ。

用心棒も駕籠に寄り添った。やがて、駕籠が門を出た。

駕籠は来た道を戻って、田原町一丁目の『片倉屋』に帰って来た。用心棒が周囲を警戒する中、徳兵衛は駕籠から下り、家に入って行った。

翌朝、孝助は十郎太の長屋に行った。

十郎太はおぎんといっしょに朝飯を食べていた。

「こいつはお邪魔でしたかえ」

孝助はあわてて引き返そうとした。

「待て」

十郎太が引き止めた。

「へんな気を回すな。朝、飯を作りに来てくれたんだ。泊まったわけではない」

「別に、泊まったなんて思っちゃいませんぜ」

「………」

十郎太は罰の悪そうな顔をした。

「どうぞ、飯を食っちまってくださいな」

「ああ、待っていろ」

「孝助さんも召し上がりますか」

「いえ、あっしは帰ってからいただきます」

十郎太は飯をうまそうにお代わりをした。

椀《わん》を空にし、そこに茶をいれ、十郎太は呑みはじめ、

「ゆうべはどうであった？　徳兵衛はどこに？」

と、きいた。

「不忍池の辺にある料理屋に行き、一刻ほど過ごしてそのまま帰りましたぜ。あの男

はどうでしたか」

「あの男は山崎町二丁目の芸人長屋に引き上げた」

「芸人長屋？」

「そう。大道芸人がたくさん住んでいる長屋だ。傾きかけた古い長屋の一軒に、あの男は住んでいた」

「芸人ですかえ」

「いや、違う。伝八という名だ。あそこなら、潜り込みやすいと思ったのだろう」

「伝八ですか」

ふと、孝助は聞き覚えのある名だと思った。誰かから聞いたような気がする。誰かからといえば松吉だが……。

松吉は捕物に興味があるというと、なんでも話してくれた。その中で、伝八の名が出たのかもしれない。

「どうした？」

考え込んでいると、十郎太が訝《いぶか》ってきいた。

「伝八って名を聞いた覚えがあるんですが、思いだせないんです」

「たぶん、千代治の仲間だ。千代治には塚次と伝八のふたりの仲間がいるのだ。この三人で、片倉屋徳兵衛を襲うつもりではないか」

十郎太は確信したように言う。

「しかし、いつ襲うのでしょうか」

「徳兵衛が油断する場所は女の所だ。徳兵衛には妾がいる。千代治はその場所を調べてあるのだ。昨日の駕籠は下谷のほうに向かった。伝八は女の所ではないと思い、尾行を諦めたのだ」

「なるほど」

そうかもしれないと思った。

「俺の勘だが、妾はおはんだ」

十郎太が言いきる。

「おはんでしょうか」

「そうだ。片倉屋がおはんを助けたのは妾にするためだ。おはんは片倉屋の世話を受けている。千代治はその場所を知っているのだ」

「これから、十郎太さんと三ノ輪に行ってきます」

おぎんが口にした。

「お願いします」

「おはんの両親は片倉屋の世話を受けているとは言わないだろう。それでも、何か手掛かりは摑《つか》めるかもしれない」

「そうですね。じゃあ、頼みました」

孝助は土間を出て行った。

三

孝助は『樽屋』に戻って朝餉《あさげ》をとってから、阿部川町に向かった。

新堀川沿いを文蔵と源太が歩いて行く。孝助はあわてて身を隠した。果して、文蔵は阿部川町に入って行った。

長屋木戸を潜《くぐ》った。孝助は木戸口から路地を覗く。文蔵がおくにの住まいに入って行くのが見えた。

千代治が外に出て来て、おくにの家を覗いている。長屋の住人も何人か出て来た。

四半刻《しはんとき》（三十分）後に、文蔵と源太が戻って来た。千代治が文蔵にすがりついた。

「親分さん。そのひとは関わりありませんぜ」

「どうして、おめえがそう言えるんだ?」

文蔵は冷たく突き放し、木戸に向かって来た。孝助はあわてて身を隠した。

文蔵は新堀川に沿って蔵前のほうに向かった。そのあとを、千代治がついて行く。

孝助は千代治のあとをつける。

文蔵は元鳥越町に行き、古着屋の『結城屋』に入って行った。しばらくして、番頭ふうの男を連れて出て来た。細身の三十過ぎのおとなしそうな顔だちの男だ。

千代治が駆け寄り、

「親分さん。このお方じゃありません」

と、訴えた。

「うるせえ」

文蔵は千代治を足蹴《あしげ》にした。

「なんで、おめえはそうだと言いきれるのだ」

「だって、この方には、常次郎を殺す理由はありません」

「何度言ったらわかるんだ。佐太郎はおくにに害をなす常次郎を排除しようとした疑いがある。邪魔をすると、おまえも引っくくる」

文蔵は千代治を見下ろして言い、

「それとも、おめえが殺ったとでも言うのか」

と、冷笑を浮かべた。

「佐太郎。さっさと歩くんだ」

「親分さん。私には何のことか」

佐太郎が泣きそうな声を出す。

「いい訳は自身番できく。さあ、歩け」

野次馬が集まっていた。

「やい、見世物じゃねえ。どけ」

源太が怒鳴り散らす。

「なんて野郎だ。こんな人前に晒《さら》して連れて行くとは……」

野次馬の中から文蔵と源太を罵《のの》しる声が聞こえた。

「誰だ？　今、言ったのは誰だ？」

源太が野次馬に向かって叫ぶ。

「出てきやがれ」

文蔵の威光を借りて、源太は威張り散らしている。

野次馬は静まり返った。

「ちっ」

と吐き捨て、源太は文蔵のところに戻った。

文蔵が『結城屋』の番頭を引っ立てて行ったあと、孝助は千代治に駆け寄った。

「千代治さんじゃありませんか」

孝助は千代治を抱き起こす。

「おまえさんは？」

「へえ。先日、煙草入れのことでお伺いした『樽屋』の孝助でございます」

「ああ、そうだったな」

千代治は表情を曇らせた。

「いったい、何があったんですかえ」

「文蔵親分は間違っている」

「今のひとは下手人ではないんですね」

「そうだ。違う」

「どうして、そう言いきれるのですか」

「…………」

千代治は押し黙った。

「もし、あっしでお力になれるならなんでもしますぜ」

孝助は申し出る。

「いや、いい」

千代治は孝助を押し退《の》けるようにして脇をすり抜け、阿部川町に悄然《しょうぜん》と引き上げて行った。

孝助は自身番に向かった。

自身番の前で待っていると、まず源太が出て来た。

「常次郎を殺した下手人を捕まえたってのはほんとうか」

孝助はとぼけてきいた。

「なんで、おめえがこんなところにいるんだ？」

「たまたま、通りかかったら、そんな話を聞いたんで。で、その前の殺しも同じ下手人なんですかえ、確か安蔵って言いましたか」

「安蔵は常次郎の兄貴分だ」

「常次郎が兄貴分の安蔵を殺したって言うんですかえ」

「親分はそう見ている。常次郎は前々から安蔵の女房のおくにに執心だった。そんなときに、新堀川で鯉をつかまえた。川の主で祟りがあるという話を聞いて、祟りに見せかけて安蔵を殺したんだ」

源太は得意気に、

「安蔵が死んだあと、常次郎はおくにに迫っていたんだ。安蔵がいなくなれば、おくにを自分の物に出来ると思ったのが浅はかだ。おくにには佐太郎という男がいた。今度は佐太郎が常次郎を殺したってわけだ」

「佐太郎はなんて言っているんだ？」

「否定している。夜はお店から一歩も出ていないと訴えている。だが、調べたら、すぐにわかることだ。これから、『結城屋』の主人を連れてくるところだ」

源太はそう言い、『結城屋』に向かって走って行った。

兄貴分の女房を自分の物にしたいからって、安蔵を殺すだろうか。常次郎がおくにに迫ったのは、安蔵が死んだからではないか。

その常次郎を今度は佐太郎が殺したなどとはあまりにも都合のいいこじつけだ。『結城屋』の番頭である佐太郎がそんな簡単にひとを殺すとは思えない。

それより、不可解なのは千代治の態度だ。なぜ、あれほど、佐太郎の仕業ではないと激しく訴えていたのか。

千代治は何かを知っているのではないか。

『樽屋』の店先に十郎太が顔をだした。

孝助は喜助にあとを頼み、外に出た。十郎太は待乳山聖天に向かった。孝助は追いかける。

いっしょに石段を上がって境内に入ると、大川の見える樹《き》の陰《かげ》に、おぎんが待っていた。近づくと、おぎんが振り返った。

「おはんさんの実家に行って来たわ」

おぎんは口を開いた。

「何か、わかりましたか」

孝助はきく。

「おはんさんの友達だと言い、『片倉屋』の旦那からもよく話を聞いていると鎌《かま》をかけたら、ぽろりと片倉屋の世話を受けていることを漏らしたわ」

「やはり、そうでしたか」

「おぎん、おはんの住まいはわかったのか」

十郎太がきく。

「聞き出したわ」

「ほんとうですか」

「ええ、冬木町にあるそうよ。なんでも寺が集まっている裏側ですって」

「よし。よくやった」

十郎太が褒めると、おぎんはうれしそうに白い歯を見せた。

「さっそく、冬木町に行ってみます」

孝助は意気込んだ。

「待て。迂闊《うかつ》にはうろつけない。よほど気をつけぬと、千代治の仲間に見つかる」

十郎太は用心深く言う。

「行商人に化けて……」

「私がいるでしょう」

おぎんが口をはさんだ。

「いや、そこまでは……」

十郎太が表情を曇らせた。

「お願いしましょう」

孝助は十郎太に迫る。

「深入りさせたくないんだ」

「私はかまいませんよ」

俺は構うという顔を向けた十郎太に、

「今夜辺り、片倉屋がおはんのところに行きそうだ。その前に、住まいを見つけておきたい」

「片倉屋の駕籠のあとをつければいい。いや、冬木町の近くで、片倉屋を待ち伏せればいい」

十郎太はおぎんをなるたけ遠ざけようとしていた。だが、おぎんは十郎太の気持ちにお構いなく、

「私、ひとりでも行ってみるわ」

と、涼しい顔で言う。

「お願いしましょう」

孝助は十郎太に言う。

「仕方ない」

十郎太はため息混じりに答えた。

西の空が茜色《あかね》に染まっていた。孝助と十郎太は正覚寺《しょうがくじ》の本堂の脇で待った。

「おぎんさんの気持ちに素直に応《こた》えてやったらどうなんですか。あんなにいじらしい

ではないですか」

孝助は十郎太の顔色を窺う。

「俺には大きな目的があるんだ。その前には、色恋など邪魔だ」

十郎太は憤然と言う。

「もしかして、許嫁《いいなずけ》がいるんじゃ？」

「そんなものいない」

「では、おぎんさんのことは何の問題もないんじゃないですか」

「俺がやろうとしていることは、もしかしたら虎の尾を踏むようなことかもしれぬのだ。何らかの陰謀が隠されていたら、命を狙《ねら》われるやもしれぬ」

「それほどのことが十年前に行なわれたと思っているのですね」

「そうだ。ある人間たちにとっては蒸し返してはいけないことなのだ。おぎんをその争いに巻き込むことになる」

十郎太は厳しい表情をした。

「おぎんさんにそのことをわかってもらうのは難しいでしょうね」

「わかって、もらわねばならない。危険に晒すことは出来ない」

「………」

孝助は何も言えなかった。

それから、四半刻ほどして辺りが暗くなりかけた頃、おぎんが境内に現われた。孝助が姿を見せると、小走りに駆け寄ってきた。

「わかったわ」

「でかした。で、周辺に怪しい人間はいなかったか」

「いました。三十前後の男が」

「塚次か」

孝助はそんな気がした。

「それより、子どもがいたわ」

「子ども？」

孝助は耳を疑った。

「生まれて五カ月ぐらいらしいわ」

「誰の子だ？」

十郎太がきく。

「おはんさんよ」

「おはんの子だって……」

孝助は不思議に思いながら、

「五カ月だとすると、身籠《みご》もったのは一年以上前。手代の簑助の子なのか。女中のおはんが身籠もったためにお店《たな》にいられなくなってあんな真似を……」

と、想像した。

「いや。その後のことを考えたら、そうとも言えぬ」

十郎太が口をはさんだ。

「どういうことですか？」

「簑助は利用されたのかもしれぬ」

「利用ですって？」

「そうだ。それより、おはんの家が見える所に案内してもらおう。そろそろ、片倉屋がやって来るかもしれない」

十郎太が言い、おぎんの案内で山門を出た。

仙台堀に足を向けたとき、孝助はあわてて立ち止まり、道端に隠れた。おぎんと十郎太はそのまま歩いた。

海辺橋を千代治が険しい顔で歩いてきた。

四

海辺橋を渡り、千代治は俯《うつむ》き加減に仙台堀沿いを冬木町に向かった。目の端に浪人と若い女の姿をとらえたが、千代治は気にせずに先を急いだ。

ここ何日も当てが外れ、片倉屋がやって来ることはなかった。だが、今夜こそやって来る。そんな気がしている。

早く、片をつけたかった。小塚原の回向院に行き、簑助に仇を討ったことを知らせたかった。

千代治の心に屈託が広がっている。安蔵殺しと常次郎殺しの件だ。そのことを考えると、気が重くなる。

冬木町に入り、おはんの家を見渡せる場所にやって来た。すっかり暗くなっていた。斜めむかいにあるしもたやの脇が空き地になっている。そこの樹木の陰に、侍姿の塚次が待っていた。腰に大刀を差している。

「きょうこそ、やって来そうだ」

塚次も千代治の顔を見るや、同じことを言った。

「常次郎殺しの疑いで、『結城屋』の番頭がしょっぴかれた」

千代治は苦渋を滲《にじ》ませて言う。

「そうか。まずったか」

「いや、常次郎を殺ってもらって助かった。ただ、思わぬ展開に困惑している」

「疑いは晴れるさ」

塚次は呑気《のんき》なことを言った。

「そう思うが……」

千代治の気を重くしているのは佐太郎が捕まったことではない。

佐太郎が『結城屋』から夜に一歩も外に出ていないことが明らかになれば、疑いも消えよう。

問題は安蔵殺しだ。常次郎を殺したのは塚次だ。気をまわして、手にかけてくれたのか、ひとを殺したくなっていたので実行したのかはわからないが、下手人が塚次だということははっきりしている。

岡っ引きの文蔵は、安蔵を殺したのが常次郎だと考えていた。だが、常次郎だとは思えない。兄貴分の女房を手にいれるために、いくら祟りを利用したとしても殺しまでするとは思えない。

あの夜、安蔵はおくにといっしょに酒を呑んでいた。そして、千代治が外出先から長屋に帰ったとき、おたけらが路地に出ていて、安蔵が出て行ったと言った。そして、翌朝になって、川に浮かんでいるのが見つかった。

この一連の流れの中で、千代治はある想像を働かせた。

「この仕事が終わったら、俺は吉原に行くつもりだ」

塚次がつぶやくように言う。

「だめだ。危ない。江戸を離れるんだ」

「茜っていう遊女は俺に惚《ほ》れているんだ。俺が行くのを待っている」

「それは女の手練手管だ。本気にするなんて、おまえさんらしくねえ」

「いや。本気なんだ。俺にはわかる」

「岡っ引きの手の者が待ち伏せているぜ。そんなところに、のこのこ出て行くばかはいない」

「いや、化けて行く。どうしても、会いたいんだ」

「遊女に惚れちまったのか」

千代治は蔑《さげす》むように言ったが、ふと、簑助のことを思いだして胸が痛んだ。簑助はおはんに同情した。惚れていたのか。簑助はおはんに騙《だま》されたのだ。子どもは誰の子か。簑助の子ではない。そうだとしたら、子どもの父親の簑助を、おはんが裏切るはずはない。

「あんたは片倉屋を殺ったあと、どうするつもりなんだ？」

塚次がきいた。

「考えちゃいねえ」

「嘘だな」

「嘘だと？」

「伝八さんも言っていたぜ。あんたは、息子の仇を討ったあと、小塚原で死ぬつもりだろうってな。そうなんじゃねえのか」

「………」

「図星らしいな」

「そうだ。倅のいねえ世に未練はねえ。俺の願いは早く倅のところに行くことだ」

「どうだえ。俺といっしょに江戸を離れねえか」

「江戸を離れる？　おめえは吉原の遊女に未練があるんじゃねえのか」

「ああ。だから、最後に一目会ってから江戸を離れる」

「一目会ったら離れられるわけはねえ」

「いや、出来る」

塚次は自信たっぷりに言う。そんな簡単に未練を断ち切れるなら、最後に一目会いたいなどと女々しいことを言わないはずだ。危険を冒してまで、会いに行くのは……。

「おめえ、まさか」

千代治は塚次の腹の内を読んではっとした。

「茜って遊女を殺すつもりだな」

「さあね」

塚次は含み笑いを浮かべた。

「よせ。そんなばかな真似はよすんだ」

「仕方ねえ。茜を連れて逃げるのは無理だ。ほかの男に渡さないためには、殺すしかねえんだ」

「そんな騒ぎを起こしたら吉原から逃げられねえ」

千代治は諫《いさ》める。

「やってみなきゃわかるまいよ」

塚次はふてぶてしく笑ったあとで、

「そんなことより、まず、片倉屋だ」

と、表情を引き締めた。

塚次の自暴自棄の振る舞いを押さえつけなければならないが、塚次のいうようにまず、簔助の仇を討ってからだ。

「やっ、駕籠だ」

塚次が身を乗り出した。

「来たか」

千代治も覗く。横町を入って来た駕籠がおはんの家の前で停まった。駕籠の前後に大柄な浪人がいる。

「あの浪人を封じ込められるか」

「強そうだが、そのための支度はしてきた」

塚次が緊張した声を出した。

「支度？」

「ああ、ここにある」

塚次は胸を叩いた。

「斃《たお》す必要はねえ。徳兵衛を殺る間、動きを制してもらえばいい」

「わかっている」

片倉屋徳兵衛は格子戸を開けて中に入った。浪人はひとりは表に立ち、もうひとりは裏にまわった。

「一対一なら楽だ。伝八さんとふたりでやっつけてやる」

塚次は余裕を取り戻した。

暗がりを縫って誰かが近づいてきた。伝八だ。

「浪人は表と裏に分かれた」

塚次が言う。

「物干し台から二階に上がろうとしても、裏にいる浪人に気づかれそうだ。やっぱり、浪人を斃さねえと中には入れねえか」

伝八が難しい顔をした。

「ふたりで当たれば怖くない」

塚次が自信に満ちた声で言う。

「よし。外で待ちくたびれた頃を見計らって浪人を誘《おび》き出してくれ。その隙《すき》に庭に駆け込み、家の中に入り込む。俺が徳兵衛を殺る」

「千代治とっつあん、だいじょうぶか」

伝八が不安そうにきいた。

「ああ、死に物狂いでやればきっと出来る」

千代治は懐の匕首《あいくち》を握った。

「よし。あと半刻（一時間）もすれば徳兵衛は女としっぽりしているはずだ。そこを襲えば千代治とっつあんでもだいじょうぶだ」

「よし。じゃあ、ふたりで浪人を誘き出すことにしよう」

伝八は最初の計画を変えて、塚次とふたりで浪人に当たることにした。

風が出てきた。月が雲間から顔を出した。

ゆっくり時が流れる。月の位置が変わった。浪人が退屈そうにしている。

「そろそろか」

伝八が低い声で言う。

「よし」

塚次が刀の柄《つか》をぽんと叩いた。

「行くぜ」

伝八がおはんの家に向かった。塚次もあとに従う。

「何奴だ」

重々しい声が聞こえた。

「ちょっとそこを開けてもらいてえ」

塚次が前に出て言う。

「きさまらは千代治の仲間か」

「やっぱり、知っていたんだな」

「待っていた」

「裏の侍を呼ばなくていいのか」

「おまえたちは俺ひとりで十分だ。裏を留守にさせて、その間に家の中に千代治が押し入るつもりだろうが、そうはいかぬ」

「そうですかえ。では、お侍さんひとりでよろしいんですね」

「強がりを言いおって」

浪人が刀を抜いた。

伝八もあとずさって匕首を抜く。

塚次が一歩前に出る。

「お侍さん。そこでは闘いづらいですぜ。もう少し広い場所に行きませんかえ」

「残念だな。ここを動けぬのだ。誰かが入り込むといけないのでな」

「そうですかえ。じゃあ、遠慮なく、いきますぜ」

塚次は懐から紙を丸めたものを取り出し、浪人の顔に向かって投げつけた。浪人は刀で払った。その拍子に紙が破れ、紙に包まれていた灰が飛散した。

あっと、浪人が目を瞑《つぶ》った。さらに、もう一つの紙つぶてを浪人の顔に向かって投げつけた。灰が顔面を襲った。

「卑怯者」

浪人が叫んだ。

「お侍さん、行きますぜ」

塚次が上段から斬《き》りつける。浪人は目を閉じたまま、塚次の剣を弾《はじ》いた。

だが、片手を目に当て、浪人は呻《うめ》いた。

そこに塚次が再び斬り込んだ。浪人は片手で剣を使って受けとめた。塚次は押し込む。その隙を狙って、千代治は庭木戸を抜けた。

小さな庭に行く。雨戸が閉まっていた。千代治は匕首で雨戸を外した。倒れ、大きな物音がした。

千代治は廊下に上がり込んだ。

襖《ふすま》を開けると、徳兵衛が立っていた。あわてて寝間着を羽織ったらしく、襟がだらしなく、腰紐《ひも》が長く垂れていた。

「どうして、ここに」

怒りからか、声が震えている。その怒りは、千代治に出し抜かれた用心棒の浪人に向いているのかもしれなかった。

「片倉屋さん、お久し振りでございます。それに、おはんさん、まさかこんなところでお目にかかるとは思いませんでしたぜ」

千代治は長襦袢《ながじゅばん》のまま震えているおはんを見た。

「おはんさん。半年前に三ノ輪の実家に行ったとき、おまえさんは寝込んでいたが、病気ではなかったんだね。つわりがひどかったのかね」

「………」

「いったい、誰の子なんだね」

「簑助の子だ」

徳兵衛が怒ったように答える。

「ほんとうかね、おはんさん。そんなはずはねえ。一年前、おはんさんは簑助にそそのかされたと訴えたね。子どもの父親にそのようなことを言えるはずはない。そうじゃないかえ」

千代治は匕首を抜いた。

ひぇえと、おはんは声にならない悲鳴をあげた。

「どうなんだ？」

「簑助さんから、そういうように言われていたんです。ふたりとも捕まったらお腹《なか》の子どもが可哀《かわい》そうだ。だから、俺を悪者にして、おまえだけでも助かって立派な子どもを産んでくれと」

「見え透いた嘘をつくんじゃねえ。それだったら、簑助は俺に子どものことを話している。簑助は何も言わなかった」

「言えなかったんです」

おはんは泣くように言う。

「じゃあ、なぜ、片倉屋の世話になっているんだ。片倉屋は簑助を助けられるのに助けようとしなかったんだ。簑助を殺したも同然の男の世話に、どうしてなったんだ？」

「子どもを立派に育てるためには旦那の世話になるしかなかったんだ。簑助さんも、子どものためだから旦那の世話になるようにと言っていたんです」

「おはんの言うとおりだ。簑助には悪いことをした。その罪滅ぼしのためにも、おはんと子どもの面倒をみなくてはいけないと思ったんだ。千代治さん、わかってくれ」

徳兵衛は訴える。

「そんなこと、信じられるとでも思っているのか」

「ほんとうだよ。待って。子どもを見ておくれ。簑助さんにそっくりだから。おとしさん、ここに」

婆《ばあ》さんが赤子を抱いて出てきた。

おはんは赤子を受け取り、顔を千代治に見せた。

「簑助のどこに似ているって言うんだ?」

「ほれ、目の辺りや口許《くちもと》。よく見てください」

「ばかな」

千代治は嘘だと思いながらも、簑助の子だと言われると、気持ちが動いた。千代治の反応を確かめてから、

「私が身籠もったことが旦那さまや内儀さんにばれるともうお店にいられない。だから、お金を奪って逃げようとふたりで決めたのです」

「おはんの言うとおりだ。この子はおまえさんの孫なんだ」

「孫……」

千代治は動揺した。

そのとき、背後でひとの気配がした。

「騙されてはいけませんぜ」

いきなり、声がした。千代治は驚いて振り返った。

「おまえさんは『樽屋』の……」

「へえ、孝助です。千代治さん。その子は簑助さんの子じゃありませんぜ。ここにいる片倉屋徳兵衛さんの子ですよ」

「きさま、何を言うか」

徳兵衛がうろたえた。

「おまえさんは、内儀さんが留守のときに、たびたび女中のおはんさんを部屋に引き入れていたそうじゃないですか。誰にも見られていないと思っていたでしょうが、ちゃんと見ていた奉公人もいたんですよ」

「嘘だ」

徳兵衛が叫ぶように言う。

「ところが、おはんさんが身籠もってしまった。かなり、焦ったでしょうね。奉公人同士が交際することをお店として禁じているのに、肝心の主人が奉公人に手をつけてしまった。それよりなにより内儀さんですよ。徳兵衛さんは入り婿だそうですね。内儀さんに知れたら、追い出されてしまいかねない」

孝助は口を喘《あえ》がせている徳兵衛を冷たく見つめながら、

「そこで一計を案じたのが、ひとの好い簑助さんを騙すことだった。おはんさんは、簑助さんに毎夜、旦那に部屋に呼びつけられて変なことをされる。助けて欲しいと訴えたんでしょう。いっしょに逃げてと言われ、簑助さんはおはんさんの危機を救うために『片倉屋』から去ることにしたんですよ」

「いい加減なことを」

徳兵衛が吐き捨てる。

「おはんさん。どうなんだね。その子の父親は誰なんだね。おっと待った。ほんとうのことを言わないと、子どもが可哀そうなことになる。いいかえ」

孝助はおはんに向かい、

「千代治さんに息子の仇をとられ、徳兵衛は今夜、死ぬことになる。そうなっても、簑助さんの子だったら、『片倉屋』の内儀さんは子どもに一銭もやりはしまい。でも、徳兵衛さんの子だったら……」

「旦那さまの子です。私は旦那さまの子を身籠もったんです」

「おはんさん。お金が欲しいからって嘘をついてはいけませんぜ。ほんとうのことですかえ」

孝助は念を押す。

「ほんとうです。ほんとうに旦那さまの子です」

「おはん。なんてことを言うんだ。違う。簑助の子だ。私の子ではない」

「おはん。これが徳兵衛の正体だ。おまえはこんな男のために簑助を利用したんだ。おまえのために命を張った簑助を見殺しにした。なんとも思わないのか」

　孝助は激しく責める。

「おはんさん。そうなのか。徳兵衛とぐるになって端《はな》から簑助を利用して……」

　千代治はかっと頭に血が上った。

「許せねえ。徳兵衛もおまえも許せねえ」

　匕首を構え、千代治はまず徳兵衛に向かった。

「片倉屋徳兵衛。簑助の仇だ。あの世で、簑助に詫《わ》びてもらうぜ」

「よせ。頼む。殺さないでくれ」

　徳兵衛が必死の形相で後退《あとずさ》った。

「あんとき、俺がどんなに頼んでも簑助を助けようとはしてくれなかった。そのことをよく思いだすんだな」

「悪かった。俺が悪かった」

徳兵衛は土下座した。

「だめだ。俺が許しても簑助が許しやしねえ。覚悟しやがれ」

千代治は匕首を振りかざした。

「待ちなせえ」

孝助が徳兵衛をかばうように割って入った。

「千代治さん。いけません。そんなことをしたって簑助さんが喜ぶはずはありませんぜ」

「どいてくれ。この男をやらなければ、簑助が浮かばれねえ。どいてくれ」

「どきません。いいですか、この男を殺しても簑助さんの汚名は晴らせませんよ。この男を奉行所に訴え、真相を明らかにして簑助さんの汚名を晴らすんです」

「汚名が晴れたって、簑助は戻っちゃこねえ」

千代治は吐き捨てた。

「確かに、戻ってきません。でも、簑助さんのほんとうの姿を皆さんにわかってもらうべきではありませんか。汚名を着せられたままでは簑助さんには堪えられないはずです」

「…………」

「おはんさん。奉行所で正直に話してもらえますね。それがあなたの簑助さんへの罪滅ぼしです」

「はい」

おはんははっきりと頷《うなず》いた。

「千代治さん。いいですね」

「簑助……」

千代治は匕首を持つ手を下ろした。

五

孝助が表に行くと、庭木に塚次と伝八が結わかれ、そばに十郎太が立っていた。

「用心棒の浪人は？」

「向こうで倒れている。情けない浪人だ」

「みな、十郎太さんひとりで？」

孝助は驚いてきいた。

「まあ、たいしたことはなかった」

十郎太は涼しい顔で言う。

「ちくしょう。放しやがれ」

塚次が騒ぐ。

「静かにしろ。往生際が悪いぜ」

十郎太が一喝する。

塚次は不貞腐《ふてくさ》れたように横を向いた。

「さっき、おぎんが自身番に行き、文蔵のところに使いをやらせた。じきに来るはずだ」

十郎太の声を聞いてから、孝助は塚次の前に立った。

「おまえが松吉を殺したんだな」

「ふん」

塚次は顔をそむけた。

「なぜ、殺したんだ？」

孝助は塚次の胸ぐらを摑んだ。

「よせ」

十郎太が引き止めた。

「あんたは？」

手を離してから、孝助はもうひとりの男にきく。

「伝八さんだ。相模の伝八といい、火盗改めに召し捕られた押込み一味でただひとり逃れた男だ」

千代治が出てきて言う。

「そうか、伝八か」

押込みの一味がひとり逃げまわっていると、松吉から聞いたことがあった。

座敷のほうでは徳兵衛とおはんが神妙にしていた。徳兵衛は逃げる気力も失ったように茫然《ぼうぜん》としている。

「孝助さん」

千代治が声をかけた。

「新堀川で死んでいた安蔵と常次郎のことだが、常次郎をやったのは塚次だ。俺が頼んでな」

「ほんとうですか」

孝助は塚次を見る。

塚次は北叟笑《ほくそえ》み、否定はしなかった。

「安蔵は？」

「わからねえ」

一拍の間をおいて、千代治は答えた。何か想像がついたのかもしれない。

一刻後、文蔵と源太、それに同心の丹羽溜一郎が駆けつけてきた。そろそろ、子《ね》の刻（午前零時）になろうとしていた。

孝助は経緯《いきさつ》を話してから、

「親分。松吉兄いを殺した辻強盗の塚次、それからこっちがただひとり逃げ延びていた押込み一味の相模の伝八です」

と、捕まえてあるふたりについて告げた。

「なに、相模の伝八だと」

丹羽溜一郎が反応を見せた。

伝八の顔をじっと見つめて、

「聞いていた伝八の特徴どおりだ。間違いない」

と、興奮した声で言う。

「文蔵。こいつはお手柄だ。よし、ともかく大番屋にしょっぴけ。詳しい話は明日だ」

「へい」

文蔵は孝助に顔を向け、

「孝助。よくやったな。褒めてやるぜ」

「親分。常次郎殺しはどうなりましたかえ」

「振り出しだ。『結城屋』の番頭は夜の外出をしていなかった。安蔵殺しも、常次郎ではねえ。まあ、振り出しといっても、殺った奴の目星はついているがな」

「誰ですかえ」

「女房のおくにだ」

「でも、おくにに……」

孝助はあっと思った。新堀川沿いまで追いかけ、安蔵の頭を殴って川に突き落とすなど、おくにには無理だ。だが、家の中なら出来る。あぐらをかいて呑んでいる安蔵の後頭部を煙草盆か何かで殴って殺したのではないか。問題は、どうやって川まで運んだのか。

文蔵はにやりと笑った。

「まあ、そっちも明日には片がつく」

文蔵は片倉屋徳兵衛とおはんに詳しい話ば明日聞くといって、伝八と塚次を連れて引き上げた。

「我々も引き上げましょう」

孝助は千代治に声をかけた。

「へい」

外に出てから、孝助は切り出した。

「常次郎殺しは、『結城屋』の番頭の疑いは晴れたそうです。夜の外出をしていなかったことがはっきりしたそうです」

「そうですか」

「千代治さんはおくにさんをよくご存じですかえ」

「隣同士ですから。おくにさんに何か」

千代治が不安そうな顔をした。

「文蔵親分はおくにさんを安蔵殺しで疑っています」

「なんですって。でも、女の手では無理だとは思わないのか」

「殺すことは出来ます」

「………」

「家で酒を呑んでいるときに、隙を窺って殴りつける」

「だが、川まで連れて行くのは無理だ」

「長屋のひとたちですよ。大家をはじめ、長屋の男が全員で川に運んで捨てたんじゃありませんか」

「…………」

千代治の足が止まった。

「ひょっとして、千代治さんも勘づいていたのでは？」

千代治が深くため息をついた。

「千代治さんは常次郎殺しに関わっています。手を下したのは塚次かもしれないが、千代治さんの気持ちを慮《おもんぱか》ってやったことでしょう」

「…………」

「千代治さんは、どうして常次郎を殺したいと思ったんですかえ」

「おくには俺の死んだ嬶に似ていた。簑助の母親だ。だから、他人事《ひとごと》じゃなかった」

「そうだったんですか。じゃあ、千代治さんは常次郎以上に安蔵を殺したかったんじゃないですか」

「…………」

千代治は思いつめたような目で足を止めた。

「文蔵親分は……」

千代治は気にした。

「親分のことは任せてください。私が説き伏せます」

相模の伝八、辻強盗の塚次を捕らえるという手柄を立てた文蔵にとって安蔵、常次郎殺しの下手人は誰でもいいはずだ。

「わかった。そうしよう。おくにさんの役に立つなら本望だ。ただ、簑助の汚名は晴らしてやりてえ」

「きっと、そのことでは尽力します」

孝助は約束した。

再び雲間から月影が射しだしていた。

数日後、孝助は十郎太と待乳山聖天に来ていた。

「安蔵と常次郎殺しはけりがついたのか」

十郎太が大川に目をやりながらきいた。

「千代治さんのおかげですべて終わりました」

おくにや大家が名乗り出ようとしたのを千代治が抑えた。あっしが安蔵と常次郎を殺したんだと、長屋の衆に訴えた。

「おくにや大家さんは泣いていました。千代治さんは満足そうでした」

「文蔵は信じたのか」

「さあ。でも、文蔵親分は俺の頼みも聞き入れてくれたんです。伝八と塚次の件があるからでしょう」

「まずはよかった」

十郎太は言ってから、

「簑助さんの名誉は回復出来そうか」

「ええ。徳兵衛もすべて認め、おはんも正直に話したようです。徳兵衛は『片倉屋』から追い出されるでしょう、盗んだ二百両のうち、十両を使っていましたが」

「自業自得だ」

十郎太は吐き捨ててから、

「文蔵の手下になったそうだな」

と、改めて言った。

「ええ。火盗改めが取り逃がした伝八を捕まえることで出来たことで、丹羽の旦那も鼻が高いらしい。松吉の仇も討てたし、文蔵もふんぞりかえっています」

「しかし、これで、文蔵の懐に一歩踏み込めたではないか」

「これからです。信頼を勝ち得るためにはもっと手柄を立てなければ。先は長いが必ず文蔵から聞き出してみせます」

なぜ、『なみ川』が潰《つぶ》れなければならなかったのか。あの食中《しょくあた》りの裏に何があったのか。そして、十郎太が調べている江戸家老渡良瀬惣右衛門の食中りがどう関わっているのか。文蔵から何かが聞き出せるはずだ。

「この前、はじめて知ったのですが、今の『鶴の家』の主人は本所石原町で小さな呑み屋をしていた男らしい。なぜ、小さな呑み屋の主人が『鶴の家』の主人になれたのか。ここらあたりを調べてみれば何か出てくるかもしれません」

これからは文蔵の手下になって捕物に励みながら十年前の秘密を探り出していく。必ず真相を突き止め、『なみ川』を再興させる。孝助は改めて、その覚悟を新たにした。

本書は時代小説文庫（ハルキ文庫）の書き下ろし作品です。

時代小説文庫
浅《あさ》草《くさ》料《りょう》理《り》捕《とり》物《もの》帖《ちょう》㊀
こ 6-28

著者　小《こ》杉《すぎ》健《けん》治《じ》
2015年8月28日第一刷発行

発行者　角川春樹

発行所　株式会社 角川春樹事務所
〒102-0074 東京都千代田区九段南2-1-30 イタリア文化会館

電話　03(3263)5247[編集]　03(3263)5881[営業]

印刷・製本　中央精版印刷株式会社

フォーマット・デザイン&シンボルマーク　芦澤泰偉

ISBN978-4-7584-3929-9 C0193　
http://www.kadokawaharuki.co.jp/[営業]
fanmail@kadokawaharuki.co.jp[編集]　ご意見・ご感想をお寄せください。